왜냐하면 시가 우리를 죽여주니까

왜냐하면

시가

우리를

죽여주니까

이영광 산문집

이불

차 례

1

나를

잃는

시 쓰기

마음

"사랑을 해보기나 하고 이런 시를 썼는가?"
"돈을 벌어나 보고 그런 글을 썼는가?"

이런 말을 즐겨 하는 이들이 내세우는 건 '경험'이다. 글은 즉 경험이라는 것. 맞는 말이지만 뼈저리게 맞는 말은 아니다. 이들은 사랑할 수 없는 사람(상태), 돈 벌 수 없는 사람(상태)의 존재를 잘 잊는다.

사랑할 수 없음도 사랑의 경험이고 돈 벌지 못함도 돈 벎의 경험이다. 사랑할 수 없을 때 그는 가장 사랑하고 있을 수 있고 돈 벌 수 없을 때 그는 가장 열심히 돈 벌고 있을 수 있다. 경험보다 먼저인 건 마음일 것 같다.

힐링과 고통

시에서 힐링(healing)을 구하는 건 자연스럽다. 그러나 시에서 고통(hurting)을 구하는 건 더 중요한 것 같다. 시에는 따뜻한 위로와 막막한 괴로움이 같이 들어 있다. 흔한 힐링 속에 힐링이 없는 것은 막막함이 모자라기 때문이고, 괴로운 신음의 시에 막막함이 느껴지지 않는 것은 따뜻함이 모자라서인 것 같다. 흔한 힐링 시에서는 막막함이 깊이가 되어야 하고, 괴로움에 가득 찬 시에서는 따뜻함이 깊이가 되어야 하지 않을까.

이것을 따뜻함의 막막함이나 막막함의 따뜻함, 또는 막막한 따뜻함이나 따뜻한 막막함 같은 표현으로 바꿔 말해볼 수 있을 듯하다. 따뜻함을 오래 음미하다 보면 막막함이 느껴지고 막막함을 오래 견디다 보면 따뜻함의 조각을 맛보게 된다. 힐링의 시가 무엇이고 고통의 시가 무엇인지 잘 모르지만 힐링 속에 벌써 피가 배어나고 고통 속에 이미 치유의 느낌이 찾아오던 기억은 난다. 그러나 시는 늘 이런 상념 따위를 지우면서 그저 오롯이 제 얼굴을 드러낼 뿐이다. 그 얼굴은 물론 또렷하지 않다.

위로의 무능

좋은 시에는 힐링의 의지가 없다. 그럴 여유가 없다. 있어도 숨 죽여 있다. 그래서 괴로움을 누르고 힐링을 구하려는 이의 앞에 놓인 시에는 다른 괴로움이 들어 있을 뿐이다. 그것은 익숙한 "힐링이 우리의 골병까지 치료해줄 수 없(황현산)"다는 걸 아는 말로 적혀 있다. 시는 제가 아는 괴로움보다 더 큰 괴로움에 대해서는 거의 말하지 못한다. 이런 '말하지 못함'의 시에서 읽는 이가 힐링을 얻었다면, 그것은 결국 그 자신의 괴로움에 힘입어서일 것이다.

시는 곁들여지거나 어른대거나 불려오거나 놓여 있는 어떤 것 같다. 장례에 쓰이는 상여나 관, 혜죽거리는 만장이나 상여꾼들이 내는 노래 같은 것. 이것들은 죽은 자의 존재와 산 자의 슬픔이 없으면 사실 있을 이유도 없는 것이다. 이 정도밖에 안 되는 처지임을 담담히 알고 입을 다무는 것. 정확히는, 입이 막힌 채로 말하는 것. 이 '위로의 무능'에서 무슨 힐링의 가능성이 시취처럼 새어나오거나 하겠지.

안 보이는 그대로

아파도 아프지 말라고 하던 말이 내가 어려서 받은 가정교육이고 학교교육이었다. 고통을 어디 쉽게 내보일 데가 없었던 것이 나의 유소년 시절이었다. 나는 우울을 감춘 씩씩한 청년으로 자라서, 흔해빠진 환자가 되었다.

문학은 멀쩡한 외양의 환자와 장애 속의 고결한 영혼을 동시에 보여준 특이한 환상의 터였다. 시다운 시나 소설다운 소설은 절대로 인간과 현실을 보이는 그대로 보여주는 법이 없다. 좋은 문학은 늘 인간과 현실을, 안 보이는 그대로 보여주려 한다.

문학은 뭘 위로하지 않는다. 힘들여 위로를 위로할 뿐이다. 문학은 수습하지 않는다. 수습을 깊이 수습할 뿐이다. 그래서 이따금 페이스북에서 집안의 치매 노인처럼 이렇게 중얼거린다. 아, 제가 진짜로 징징대는 건 아니고요. 시란 게 그런 것 같은데요.

생각하지 않는 사람

시인들은 흔히 시가 잘 안 된다고 말하지 않고 시가 잘 안 온다고 말한다. 시가 자신이 모르는 어딘가에서 찾아온다고 생각하는 것이다. 모르는 곳에서 오는 말이므로 이 때의 '시=말'은 '모르는 말'이라 부를 수 있다. 이 말에 접한 순간의 시인은 자기도 모르는 소리를 하는 자이다. 생각해서 하는 말이 아니라 생각하지 않아야 떠올릴 수 있는 말이 바로 시인에게 찾아오는 말이다.

가지고는 있으나 자기 속 어디에 있는지는 알 수 없는 말. 이 때의 말은 영감 자체에 가깝다. 마음대로 안 되는 건 시가 시인보다 더 크고 영감이 사고에 다 포획되지 않는 정신 작용이기 때문인 듯하다.

시는 어딘가에서 시인에게 오는 말이지만 이렇게 잘 안 오는 말이기도 하다. 잘 안 온다는 것은 시가 시인에게서 쉼 없이 달아나는 말이란 뜻이기도 하다. 달아난다는 것은 다 붙잡지 못한다는 것이므로 시인의 손에 남은 시는 늘 미흡할 수밖에 없다. 영감의 불꽃은 사유의 투망보다 더 빨라서 창작의 실제에서는 뭘 생각하려 하면 이미 늦는 때가 많다.

그래서 시가 시인의 삶, 그러니까 가치관, 이념, 행적의 오롯한 반영이란 생각의 타당성은 적이 의문스럽다. 창작 과정 자체도 크게 보면 그의 정신의 장 전체에서 벌어지는 활동이고 사건이지

만 그 본질적 국면에서 '삶'은 잊히고 실종된다. 그래서 시인 이
영광의 시세계는 그의 인생을 담고 있다고 해야겠지만, 이영광의
낱낱의 작품을 바로 그 작품으로 만들어주는 내부의 힘은 미지
로 남는다.

　미지는 시인의 실제적 삶을 껴안고 나온다기보다 통과하거
나 무너뜨리면서 오는 것 같다. 시인은 생각하는 사람이지만 창
작이 절정에 접어들 때는 생각하지 않는 사람이 된다. 이에 대해
"나는 내가 없는 곳에서 생각한다. 그러므로 나는 내가 생각하
지 않는 곳에 존재한다"(라캉)는 정식보다 더 정확한 설명을 찾기
도 어려울 것 같다. '생각하는 사람'에서 '생각하지 않는 사람'에
게로.

영감

시 쓰기를 밭갈이에 가끔 견주곤 한다. '시=영감'은 쟁기를 잡은 농부이고 시인은 쟁기에 매인 소 비슷하다고. 시인은 영감의 소유자이지만 지배자가 못 되고, 영감은 시인의 잠재적 소유물이지만 정신의 요로에 제멋대로 출몰하는 자객들 같은 거라고.

쟁기에 매인 소는 무엇이 저를 붙잡고 있는지 모르고 거품을 흘리며 밭을 간다. 내가 지금 대체 무슨 짓을 하고 있는가를 정확히 알지 못하면서. 나는 걷고 있는데, 내 뜻이 아니라 누군가의 의지대로 걷고 있구나. 게다가 가끔씩 등짝에 떨어지는 이 채찍질은 무어란 말인가.

채찍질은 영감 비슷하다. '소=시인'은 이따금 영감에게 얻어맞는다. 쟁기를 잡고 밭을 갈다 보면 소가 괴롭게 용은 쓰는 것 같은데도 정작 마음만큼 안 움직일 때가 있는 것이다. '농부=시'는 그때 저도 모르게 영감의 채찍을 휘두르는 건지도. (애쓸 때, 비로소 맞는다.)

농부도 소도 쉬어야 한다. 영감도 시인도 쉬어야 하고. 소가 잠시 꼴을 먹는 동안 농부는 망연히 거름 내 풍기는 너른 밭을 본다. 시인이 막걸리 한 잔 들이켜는 동안 영감은 등 뒤에서 혀를 끌끌 찬다. 이놈의 굼뜬 소를 데리고 언제 한 번 속 시원히 뙤기 밭이나 갈아보는 날이 올까 하고.

직선 위에서 떨어지다

첫 시집 제목이 '직선 위에서 떨다'이다. 2011년에 〈연희 문학
창작촌〉에서 조그만 강연을 했는데, 사회자인 정대훈씨(문화예술
위원회)가 그 시집을 소개하기를, '직선 위에서 떨어지다'라고 했
다. 다들 웃었다.

웃었는데, 그 순간에 나는 그 틀린 문장이 화살처럼 날아와
가슴에 박히는 듯한 통증을 느꼈다. 나도 몰랐던 내 진심을 그
가 실수로, 그러나 정확히 말해준 것 같아서였다. 시집의 표제작
인 그 시를 90년대 초 이십대 후반에 썼다.

대학을 졸업하고 대학원에 진학해서는 휴학계를 내고, 한강을
건너다니며 학원 강의로 입에 풀칠하던 때였다. 등단도 안 되고
공부도 남의 일 같고 연애도 안 되어서, 내 인생은 어디로 가나
하고, 물끄러미 강물을 보던 시절이었다.

내가 속물 같기도 했고, 그냥 암담하기도 했고, 어디로 달아
나고 싶기도 했다. 그런 사정들을 모아서 '직선 위에서 떨다'라고
적었는데, 잘못 발음된 그 문장이 그때의 기억을 잡아채서 내 앞
에 휙 던져준 것이었다.

한강을 건너가는 다리는 다 직선이다. 그 다리 위에서 이십대
의 나는 떠는 게 다가 아니었고 사실은 뛰어 내리고 싶었구나.
그걸 일부러 모르면서 억지로 눌러 가며 시든 배춧잎처럼 견디었

구나. 그래서 겨우 시인으로 살아남아 스무 해나 지나서 강연이라고 하는 마당에, 픽치기 당하듯 진심의 습격을 받는구나.

이런 생각을 했었다. 그 이후로 좀 더 분명히, 시는 의식과 무의식의 협업, 나도 모르는 말 받아 적기 같은 것이라 믿게 되었다. 별 건 아니다. 누가 버린 복권 다시 맞춰 보기, 구두 뒤축의 안 붙은 껌 딱지 확인하기, 불 꺼진 재떨이 오래 노려보기, 혼자 중얼거리기 같은 버릇이 생겼다는 것.

얼굴의 먼 곳

원대의 유곡원이 쓴 수필에 〈안면문답(顔面問答)〉이라는 것이 있다. 얼굴의 이목구비들이 각자의 역할이 더 중요하다고 서로 다투는 이야기다. 갑자기 귀가 등장하는 후반부 내용과 '눈썹'의 있는 듯 없는 듯한 쓸모를 내세우는 주제 사이에 일부 혼선이 비치지만 재미있는 글이다.

특별한 역할이 없는 눈썹은 난처해져서 "자랑할 만한 게 아무것도 없다"고 실토한다. 그러나 "눈썹의 마음가짐으로 살아가고 싶다"는 저자의 말은 문인의 자의식을 드러낸다. 시란 아메바의 위족이나 수탉의 볏이나 촌 신사의 백구두처럼 기본적으로는 장식에 가까운 것이다.

『장자』의 '무용지용(無用之用)' 이야기에 더해 이따금 이 눈썹을 가지고 시의 효용을 설명할 때가 있다. 쓸모없는 눈썹이 최상단에 붙어 얼굴의 균형을 잡아준다. 눈썹은 얼굴의 아름다움에도 관계되고 내면이 비쳐나는 이미지이기도 하다. 이렇게 운운해본다.

한 걸음 더 나가면 이렇게 말할 수도 있을 것 같다. 눈썹은 때로 눈의 눈 같고 눈은 때로 눈썹의 눈썹 같다. 그 불투명한 실체성을 음미하면서 눈썹 없는 얼굴이나 눈썹만 있는 얼굴을 생각해보라. 그건 귀신의 형상에 가깝지 않나. 쓸모없음의 쓸모를 넘어서 눈썹의 이미지는 시적 상상력의 기이한 도약을 암시해준다.

입과 코와 눈 위에 눈썹이 있고 눈썹 위에는 이마가 있다. 눈썹의 아우라는 이마의 신비에 얹혀 있거나 접해 있다. 이마는 희미한 배경이지만 무슨 말을 하는 것 같다. 귀는 더 멀리 얼굴 옆에 붙어 있다. 그것은 바깥의 소리도 듣고 내면의 소리도 듣는다. 우리 입이 떠들 때 귀가 암중에 경청하는 말들이 나는 시에 더 가까운 것 같다.

얼굴의 정면과 중심에서 멀어질수록 모든 것이 불분명해지는 것 같지만, 사실 그곳들이 말과 느낌의 첨단이자 발생지일지도 모른다.

시 비슷한

심사가 겹쳐서 공모 원고를 여러 날 읽고 있다. 훑듯이 읽는다. 양이 워낙 많다 보니 말들이 찰나에 마음을 붙잡지 않으면 그렇게 된다. 시들은 대개 소박한 심경 토로이거나 길어서 산문적이거나 이름을 바꿔 놓으면 누가 쓴 건지 알기 어렵게 친족적인 느낌을 주거나 한다. 잘 쓰는데 비슷비슷한 느낌이 들 때가 아쉽다.

어쨌든 열심히들 생각과 감정과 언어를 전시하고 있다. 문면은 이것들이 얽히고설켜 다소 어수선하고 흐릿하다. 생각과 감정과 언어의 전시 자체를 시라고 할 수는 없을 것이다. 생각을 바로 그 생각으로 만들어주는 생각, 감정을 바로 그 감정으로 만들어주는 감정, 언어를 바로 그 언어로 발화시켜주는 언어가 시에 가까울 듯하다. 이게 없으면 말들은 거품이 된다.

문장 자체의 예기치 않은 광채, 행간이나 여백에서 눈을 찌르듯이 솟아나는 느낌들, A4지의 이면에서 또는 바깥에서 스미는 듯한 낯선 목소리의 여운 같은 것들을 찾게 된다. 장례의 시를 예로 들 수 있다면, 시는 부의를 내고 조문하고 상주를 위로하고 술 마시고, 비감에 젖어 돌아오는 자의 말만은 아닐 것이다. 어쩌면 그것은 병풍 뒤에 누운 시신의 침묵을 들어 옮긴 말에 가깝지 않을까.

말이 안 되는 소리 같지만 그런 말 또는 그런 말이 비쳐나는 시들이 있다. 그걸 고르는 재미로 아침부터 열심히 '시 비슷한' 시들을 읽는다.

다른 상식

단순히 생각하자면, 요즘의 정치적 '혼란=격동'의 키워드 중 하나는 '상식'인 것 같다. 상식적으로 이해하기 어렵고, 상식이 통하지 않고, 상식을 벗어난…… 등의 말들을 들어보면 그렇다. 현실에선 누구나 상식의 회복과 유지를 원한다.

문학은 거의 언제나 상식을 벗어나라고 한다. 상식은 잘 바뀌지 않기 때문일 것이다. 낡은 현실을 그대로 두어도 괜찮지 않느냐고 말하는 게 상식이라면 문학은 현실의 누추한 질료들을 주물러 '꿈'으로 도약하려 한다.

현실은 상식을 부르고 문학은 상식을 경원한다. 하지만 둘이 다른 것 같지가 않다. 초현실이 된 현실 앞에서 상식의 회복을 바라는 일과 이 초현실에 상상을 보태어 글을 쓰는 일은, 성격과 절차가 다른 공정이겠지만 어떤 간절함에 있어서 닮은 듯하다.

'혼란=격동'을 믿고 싶다. 상식이 소망이 된 이 상황은 원래 문학이 선 자리였다. 문학은 상식이 일부 복원될 앞날의 어딘가에서 새로 피를 내어 또 꿈을 불러야 하겠지만, 그 또한 무언가를 간절히 바라는 동시대의 열정을 에너지원으로 삼아서이다.

그러고 보면 상식은 그저 상식이 아니다. 문학이 상식을 경원하는 것만도 아니다. 그것은 어떤 '다른 상식', 그러니까 꿈의 다른 이름이기도 하다. 문학이 현실을 움켜쥐려는 것은 여기 없는

꿈을 믿지 못해서가 아니라 현실 속에 꿈의 씨앗이 숨어 있어서
이다.

희미한 말들

어려서 하던 방학숙제 중에 제일 따분했던 게 일기 쓰기였다. 아침 일찍 (사실은 늦게) 일어나 아침 먹고, 이 닦고, (사실은 안 닦고) 친구들과 재미있게 (툭하면 싸우고) 놀았다. 점심 먹고 아버지 일 도와드리고 (사실은 안 도와드리고), 저녁 먹고 세수하고 잤다. 다음 날도 거의 똑같은 내용이었다. 한달 치 일기를 몰아서 쓰면 이렇게 된다.

이 때문에 물론 학교에서 꾸중을 듣기도 했지만 사실 방학 때 농촌 아이들의 하루하루는 거의 똑같다. 그래서 읽으나마나한 판박이 글이 될 수밖에 없다. 알다시피 읽으나마나한 글은 문학이 되기 어렵다. 개가 사람을 문 건 그냥 이야기지만 사람이 개를 물면 사건이 되고, 이야기의 이야기가 된다.

일기를 일기답게 만들어주는 건 누가 보면 큰 일 나는 일들이어야 한다. 일기니까 그런 것들도 적게 마련이다. 누가 보면 큰 일 나는 이야기가 소설과 시의 씨앗이 된다. 물론, 비밀스런 이야기를 적는 것 자체와 그걸 잘 적는 건 다른 문제일 테다. 하지만 이 어려운 일을 오래도록 계속하는 사람 중에 작가가 나올 것이다.

누가 보면 큰 일 나는 일의 맥락과 갈피를 구성했다 무너뜨렸다 하며, 그는 저도 몰래 세계와 인간의 신비로 가는 여정에 오르는 거겠지. 소설과 시는 일기가 아니다. 하지만 소설과 시를 '일기 쓰듯' 쓰는 이들은 많다. 그런 글에는, 누가 봐도 읽으나마나 한 이야기 아래에 누가 보면 큰 일 나는 이야기들이 숨어 있는 듯하다.

작가인 그는 그걸 숨기면서 드러낼 수 있게 된 것이겠지. 하지만 반대 경우도 있는 듯하다. 어떤 글은 누가 보면 큰 일 날 것 같은 대단한 말들 아래에 누가 봐도 상관없을 것 같은 희미한 말들이 숨어 있다. 나는 어느 편이냐 하면, 뒤의 경우가 진정으로 놀랍고 슬플 때가 많다.

정확한 비약

젊은 시인들이나 학생들 시에는 파편적 독백을 전시하거나 자유 연상에 기댄 발화들이 문면 전체를 덮는 현상이 두드러진다. 작법을 훈련한 결과이기도 하고 독서의 영향이기도 하리라. 언어의 신비, 심리의 뒤틀림, 감각의 혼란을 추구하는 게 이상할 건 없다. 삶과 세계의 윤곽이 잡히지 않을 때 시의 문법 또한 그렇게 될 수 있으니까. 하지만 왜 이렇게 읽기가 힘들까. '새로운 낡음'이라 불러야 할 개성의 표준화 현상인가 해서 이따금 곤혹스럽다.

서정시의 문법이나 리얼리즘의 기율을 일부 수혈해볼 수도 있지 않을까. 서정성에 대한 의심과 전복 위에서 다시 구성되는 서정성이 있지 않을까. 리얼리즘의 총체성이나 객관성을 유보하더라도 재현의 수사학을 일부 단련해보는 건 필요할 것 같다. 요즘은 묘사가 지극하게 잘 된 시를 보고 싶어질 때가 있다. 시 속에서 사물과 인간의 모습, 현실의 맥락이 지나치게 흐릿해지는 것은 좀 경계해야 할 듯하다.

학생들에게는 우선, 문장을 정확히 쓰라고 한다. 문장 훈련 없이 좋은 시를 쓴 사람이 없지는 않으나 아주 드물어서이다. 그리고 내가 보기에, 어쨌든 이게 되는 시점에서 시를 본격적으로 쓰는 단계에 들어간다. 그 다음에는 '정확한 비문'을 써보라고 한다. 시에 적중한 문장들이 대개 그런 모습을 하고 있어서이다.

파편적 독백이나 무질서한 자유 연상의 틈새에는 어떤 '정확한' 비약이 들어가야 할 듯하다. 시속 200 킬로미터쯤에 도달하면 차체는 저절로 흔들린다. 100킬로도 안 돼서 억지로 흔드는 시늉을 하는 건 이상하다. 물론 그것도 연습이겠지만 힘을 다한 몰입 끝에 '저절로' 흔들려 나오는 것이, 비문이지만 '시적으로' 정확한 문장이다. '저절로'가 곧 '정확'이라고 짐작하지만 사실 나 자신도 잘 모르고 하는 소리다.

16학번들의 목소리

3년 전에는 여름 가을 동안 '세월호' 추도 시를 써보려고 취해 버둥거렸었다. 그때 쓴 시를 수업 시간에 읽기도 했다. 지난 학기 엔 16학번들 수업에도 읽을까 말까 고심했는데, 결국 같이 읽었 다. 모두 힘들었지만 함께 읽을 수 있었다는 사실로 위안을 삼 고 학기를 마쳤다. 그날의 열여덟 살들은 약하지 않다.

하지만 약하기에 약하지 않을 수도 있는 것. 그 약함을 또렷이 보고 싶어서 광화문 광장에 나가 생존 학생들의 목소리를 들었 다. 16학번들이다······. 살아서 미안했다, 돌아오지 못한 친구들 에게 카톡도 해보고 전화도 해보곤 한다, 나중에 친구들을 만날 때 이 사건의 진실에 대해 할 일을 다 한 채로 만나고 싶다, 만나 는 그때 친구들이 우리의 열여덟 모습을 기억했으면 좋겠다······. 이런 내용들이었다.

이것은 약한 목소리도 약함을 감추려 하는 목소리도 아니고, 그냥 '어떤' 목소리다. 이 목소리는 아직 이해되지 않은 말, 일상 언어로도 시의 언어로도 번역되지 않은 미지의 말이다. 늘 처음 듣는 말이다. 나는 이 말을, 들어도 모른다. 살아 돌아온 아이들 은 여전히 물속에서 말하고 있었고 여전히 죽음 곁에서 말하고 있었다.

꼭 글쟁이여서가 아니더라도 이 말들에 대한 어떤 말들이 이제부터 필요하다는 느낌이 들었다.

딱 한 잔만 더

이제 와서 드는 생각. 어쩌다 서울 모처 포장마차에서 원고 마감 하는 신세가 됐지만, '세월호'에 대해 몇 편의 글을 쓰면서, 내가 왜 술을 주체를 못하며 쓰기 싫은 글을 계속 쓰고 있을까 싶었던 의문에 문득 대답 하나를 얻게 된 듯도 하다.

영상 속에서 친구, 동생에게, 그리고 자기 자신에게 전하던 말들을 빼면, 아이들은 밖을 향해서 꼬박꼬박 '경어'로 말하고 있었다. 눈곱만큼이라도 더 '높은' 곳에 타전하고 있었다. 아이들은 어른들을 부르고 있었다. 그곳이 교실이라도 된다는 듯 선생을 부르듯 높임 표현으로 말하고 있었다.

나는 그때 쓰던 어느 시를 처음부터 끝까지 높임말로 적었었다. 왜 그랬는지 이제는 좀 알 것 같다. 내가 쓴 그 문장들이 왜 그렇게 진저리가 났는지 희미하게 알 것 같다. 나는 그 문장들을 쓰지 않았다. 내가 쓴 게 아니다.

부탁도 기도도 다 경어로 한다. 아이들은 반말과 욕설을 할 줄 몰라서가 아니라 끝내 하지 않았던 것이라고, 한 점의 의문도 없이 믿게 된다. 믿게 되고 만다. 그래서 딱 한 잔만 더 마시고 싶어진다.

시의 두려움

　분명한 의식은 근본적인 불분명의 엄습 아래 모호해지고, 불분명한 것은 분명한 의식 안으로 완전히 해소되지 않는 상태가 시 쓰기의 형편이자 시인의 운명인 것 같다. 그러니 분명하다는 느낌도 일시적이고 제한적인 것일 수밖에 없다. 어느 국면에서나 시인들은 분명한 목소리의 유혹을 받지만 불분명해서 더 크고 깊은 목소리를 외면할 수는 없다. 어려운 것은 불분명한 것을, 불분명하게 분명히 적어내는 일이다.

　시가 '무엇이어야 하는' 것이었다면 우리 모두는 애초에 시 쓰기의 길에 들어서지 않았을 것이다. 시가 무엇이고 무엇이어야 하는지를, 시를 살고 있는 순간에도 모를 수 있다는 사실에서 오는 신비스러운 두려움이, 시인의 어두운 밤을 외롭게 밝혀준다.

6학년 2학기에 담임선생이 전근을 가게 됐다. 교실이 울음바다가 됐다. 나는 그날 눈물조차 비치지 않던 내 짝을 좀 힐난했던 것 같다. 넌 감정도 없냐고. 나중에 들어보니 몇몇 아이들을 뚜렷이 편애한 바가 있었고, 그 아이들의 울음에 내가 감염된 데가 있었고, 송별식이란 게 좀 요란했던 것도 같다. 짝이 옳았다고 생각한다.

부쳐 보내야 할 시집들 중 마지막 분량을 우체국에 가져가려 묶어놓고, 잠깐 생각에 잠겨 있다. 언제 또 시집을 내겠나 싶다보니 양이 좀 많아졌다. 더 보내야 할 데도 있겠고 꼭 보내야 했나 싶은 데도 있으리라. 재미있는 건 페이스북의 영향이다. 만난 적도 없는데 글을 자꾸 읽다 보면, 친해진 느낌이 든다. 가상현실의 힘이겠지. 이곳에서는 다 귀신의 방식으로 존재하고 활동한다. 호감이 가는 귀신들 몇에게도 주소를 물어보았다.

내가 쓴 시들을 내가 뒤적거리다 보니 확실히 힘이 많이 빠졌다는 느낌이 든다. 시는 조심하고 눈치 보며 쓰는 게 아닐 것이다. 실수하지 않는다는 게 술 먹는 일의 목적이 될 수 없듯이 무난하고 온전한 생활이 시의 온상이 돼선 안 되는 듯하다. 실수하고 뭘 저지른 뒤에 죽어라 끙끙대며 수습하는 생활이 더 낫다. 그런데 이제 그럴 기운도 모자라는 것이다. 불온이 꿈이 돼간다.

시는 고통의 기록이라는 기조가 옅게 비치고 '세월호'를 눈 꾹 감고 매만진 것들이 드문드문 보이는데, 이게 세상의 비극이면서 책의 그늘진 페이지가 돼 있는 듯하다. 돌아보면 기억하겠다, 잊지 않겠다는 다짐들 속에서 나는 어찌 됐든 이 '사태'를 견딜 만한 것으로 만들어보려 했던 듯하다. 공동체를 찢어버린 궁극의 비참 앞에서 우선 나부터 살고 봐야겠다고 버둥거렸다고나 할까.

잠깐의 망각이 죄의식을 불러오고 조그만 평안이 방만이자 오만이 되는 시간을 지나오고 지나가고 있다. 그러나 나는 나의 고통이 진실임을 어떻게 알 수 있나. 내 고통은 내 고통을 눈곱만큼도 증명하지 못한다. 그래서 다른 고통을 찾아 나서고, 다른 이의 젖은 눈 속에 비친 내 얼굴을 확인하곤 했다. 슬픔을 쉬 수락하고 흉내 내려 하는 나를 볼 때면, 슬픔 없인 울지 않던 사십 년 전의 내 군센 짝지, 홍영기를 생각한다.

시와 삶

시와 시인의 삶이 일치해야 한다는 어려운 말을 쉽게 입에 올리는 걸 가끔 본다. 하지만 이 둘은 거의 일치하는 일이 없다. 만약 일치한다면 그것은 삶의 비상한 진실의 순간에 신의 선물처럼 극히 드물게 찾아오는 것 아닐까. 인간 삶에 작용하는 무의식의 힘과 세계의 무한을 조금만 생각해봐도 그럴 것 같다.

내가 보는 내 삶은 그저 혼란의 도가니는 아니더라도 곳곳에 구멍이 난 헌옷 같을 때가 많다. 나는 내 삶을 다 규율하지 못한다. 삶은 삶의 와중에도 쉼 없이 생겨난다. 또는 터져 나온다. 우리는 어려서 쓰던 반성문을 자라서도 마음으로 늘 쓰고 있다. 사는 일은 마음의 반성문을 들고 다니며 어디에서나 읽는 일과 비슷하다.

내가 읽는 내 시 역시 어쩌다 넝마를 면했을지라도 대개 온전하지 않다. 간신히 마음의 몸체를 가릴 만하면 대단한 거라고 생각한다. 가려진 그 부분에는 삶에 대한 용서 없는 반추의 자취가 묻어 있을 것이다. 그것이 곧 시의 드러남이 된다.

그래서 나는 시와 삶의 일치라는 언명을 크게 신뢰하지는 않되, 언제나 닿고 싶은 꿈으로 설정해놓고 있으며, 때로 시인의 삶보다 그의 시를 더 신뢰할 때가 있다. 삶이 삶보다 더 작은 시에 늘 근거할 수는 없지만 시는 삶의 바다를 떠돌며 괴로운 자맥질을 거듭할 수밖에 없기 때문이다.

이 자맥질에 진실이 배어 있음을 어떻게 알 수 있는가? 그것은 그의 윤리가 알려줄 것이다. 그리고 그것은 희미하면서도 분명한 얼굴로 읽는 마음에 엄습하게 돼 있는 어떤 진심의 이미지를 입고서이다. 자맥질을 의식할 줄 모르는 자맥질, 반성을 잊은 반성에 자기를 맡긴 영혼의 재단사는, 흠은 있어도 어떻게든 입을 수 있는 옷을 짓는다.

시와 삶이 일치해야 한다는 말이 상투어가 되는 것은 용납할 수 없다. 그러면 시를 쓸 이유가 사라진다.

지려 한다

부러우면 진다는 말을 듣고 실소한 적이 있다. 어린 생각 같아서였다.

자취방 벽과 천장에 마음에 드는 시들을 써 붙여 두던 이십대 초반이 생각난다. 어떻게 이런 시를 쓸 수 있는 걸까. 부러움을 넘어 질투로 신음하며 그것들을 읽곤 했다. 어떤 자세로 누워도 그것들이 눈에 어른거리며 날 놀려댔다.

그 시들 중 어떤 건 잊었고 어떤 건 예전 같지 않아졌고 또 어떤 건 아직 좋아하지만, 지금도 부럽고 질투 나는 시들이 눈에 띄는 건 여전하다. 그리고 그런 시들을 쓴 사람들을 내가 좋아했고 좋아하는 것도 여전하다.

부러우면 진다는 건 사실 재미있고 뭉클한 말이다. 그리고 옳은 말이기도 하다. 부러움은 삶의 에너지고, 지는 건 목표다. 정말 부러우면 뭐든지 다 한다. 시는 기쁘고 힘들게 지려 한다.

한 권의 시집

나에겐 출간하지 못한 시집이 한 권 있다.

잠들락 말락 할 때, 바람에 우산이 젖혀질 때, 화장실이 급해 길에서 비척거릴 때, 어머니 전화를 받으며 강의 들어갈 때, 잠 깨선 일어나야지 하다가 다시 졸음에 끌려들어갈 때, 밤늦은 포장마차에서 일어났다 다시 주저앉을 때, 수업 끝난 교실에서 오래 질문 받을 때, 여자들 앞에서 조심할 때…… 미풍처럼, 미풍의 그림자처럼,

뭐, 그런 온갖 주의와 방심의 인생 행간에서 불현듯 엄습했다가 사라진 문장들. 적어 두어야지 했는데 갖가지 사정 땜에 깜빡 놓쳐버린 생각들, 메모들. 그게 진짜였어, 내 문장은 쓰레기야, 머리 쥐어뜯게 만드는 문장들. 그건 문장들보다 먼저 온 문장들이었다. 내가 쓴 문장들의 얼굴 없는 어미였다. 시는 말 이전의 말. 기도보다 앞서 오는 기도. 바람을 일으키는 바람. 시는 언제나, 시 이전이다.

놓쳐버린 그 말들을 묶으면 그래도 한 권쯤은 되겠지. 그렇게 순식간에 사라져버리다니. 그러나 놓쳐버렸을 리가 있나. 기를 써도 잡을 힘이 모자랐던 거지. 하여간 '쓰이지 않은', 그래서 '쓰이지 않는 시'를 다시금 믿게 된다. 시인들, 알고 보면 이 출간 불가능한 한 권의 시집을 평생 쓰고 있는 것 아닐지.

말도 안 되는

"그 사람같이 말하는 자는 여태 본 적이 없나이다."

_김동리, 『사반의 십자가』 중에서

어느 소설의 대화 한 토막. 나사렛 출신의 목수에게 감화 받은 사람들의 열띤 고백이다. 그들과는 사정이 다르지만 이 문장이 며칠 동안 귓가에서 떠나질 않는다. 그는 소설 속에서 이렇게 말했다.

"사람이여, 호수 건너편에 있는 형제의 죽음을 걱정하면서 그대 스스로가 이미 죽어 가고 있음을 깨닫지 못하느냐. 그대는 스스로 자신을 살아 있다 생각하나 그대 삶이 죽음보다 나을 것이 없도다. 그대의 귀는 그대의 마음과 함께 하늘나라의 복음을 듣지 못하고, 그대의 마음은 그대의 육신과 함께 땅 위의 모든 죄악과 함께 벗어나지 못하는도다."

그러니까, '말도 안 되는' 말을 했다. 그런데 이 말도 안 되는 말이 며칠을 멍하니, 좋은 것이다. 물론 팔을 걷어붙이고 나설 여러 '사반'들을 알고 있다. 하지만 저 사람은 신의 대리인. 신의 대리인은 지상의 고통과 설움과 모순과 환란을 일일이 풀어주거나 인간과 논쟁을 일삼는 이가 아니라, 그것들이 사라진 상태 자체를 제 존재로 구현해 보이고 설할 수밖에 없는 사람인 듯하다. 신의 대신은 신을 보여주는 사람. 신은, 인간 모두를 위해 죽을 수 있는 어떤 것.

그는 그런 존재를 영접한 것인가. 신이란 철학적으로는 어떤 궁극적 비합리일 텐데 생각하자니 가방끈 길이가 무색하게 나는 비합리적인 것에 취약한 모양이다. 좀 심한 침잠의 끝에는 무언가 말로는 안 그려지는 '다른 것'과 조우할 때가 있는 것이다. 그래서 자꾸 '말도 안 되는' 방식으로 말하게 되는 것이다. 이것은 꽤 오래된 내 병이다. 그런데 여기 적은 건 사실, 신에 대한 말도 소설에 대한 말도 아니다. 그저 시에 대해 잠깐 스쳐가는 생각을 적은 것이다.

술에 취해 힘겹게 제 얘길 하면서, 위로가 필요하단 말은 끝내 하지 않는 사람을 보면,

발설되지 않은 그 말을 나도

침묵으로써 위로할 수밖에 없어지는 것이다.

말은 그러니까 늘 발설된 말과 발설되지 않은 말 두 종류인 것.

작품은 스스로 말하지 못한다는 말은 비평의 존재 이유를 짚은 말인데, 이는 사실 창작자의 상태에 더 들어맞는 것 같다. 시인은 자신이 쓴 시에 대해 잘 모르는 사람이다. 그는 그것을 잘 설명하지 못한다. 물에 빠진 사람도 행복에 빠진 사람도 다 제 상태를 잘 설명하지 못한다. 그런데 그는 그 상태를 이미 시로 말했다. 전력으로 달려와 골인한 뒤에 쓰러진 마라토너에게 어떻게 달렸느냐고 묻는 건 어리석은 일이다. 문제는 전력질주인 것이다.

극단과 극한

글쟁이는 가능하고 편안한 극단을 추구하는 자가 아니라 어떤 불가능한 극한을 추구하는 자이다. 불가능한 극한은 글쟁이의 영혼이 애타게 자가 발전시킨 "공들임의 함수"(김인환)에 의해 어렴풋이 파악되는, 정신의 험악한 모험 자체이다.

극단은 늘 편안하다. 그것은 대화를 피하고 싸움을 피한다. 아무도 극단을 설득하려 하지 않으리란 걸 극단 자신이 잘 안다. 극단은 듣지 않으려 하고, 미친 듯이 태연하게 동문서답을 일삼고, 어떤 무책임한 무심 속에서 약삭빠르다. 극단은 가혹해 보이지만 일종의 자기기만이고 비진리다.

다시, 극한이라는 것이 선사하는 무력감을 느끼게 된다. 무력이라는 고통, 무력이라는 쾌락, 무력이라는 광란 속으로. 교미하는 짐승처럼 절로 눈이 감기는 들끓는 늪으로, 어둠으로.

잊어버리기 1

글쟁이라면 누구나 집 속에서 집을 찾는 일을 한다. 독방에 누워서도 어딘가에 숨어 있을 것 같은 또 하나의 독방을 찾는 사람처럼. 이 때 집의 내부는, 구중궁궐까지는 아니더라도 겹겹이 담장을 두른 낯선 건축물이 된다. 글쓰기는 미로 찾기나 공성작전이 되는 듯하고.

구중심처에 무슨 대단한 예술의 비밀금고가 있는지는 모른다. 그곳에 들어가 본 적도 없다. 금고를 열면, 무서운 밤과 숲과 아우성들이 걸어 다닐지도 모르지. 그런데 들어가 본 적도 없는 그곳에서 늘 쫓겨난 것 같은 이 기분은 뭐란 말인가.

나는 담장 밖에 서 있다. 요즘엔 이런 기분뿐이다. 그런데도 별로 억울해 하지도 않고 담 너머가 그다지 궁금하지도 않다. 이 것은 길을 잃은 사람의 상태가 아니다. 길을 잃지도 않았으면서 헤매고 있다니. 좀 더 헤매면 정말 가짜가 될 것이다. 그리고 조금 더 헤매면 그 사실을 잊어버릴 수도 있을 것이다.

잊어버리는 데는 많은 힘이 필요하다. 힘을 내려놓는 두려운 힘도 필요하다.

전위와 후위

　시를 쓰며 언어를 갈고 닦는 것은 생각의 크고 작은 영토와 갈피들을 빈틈없이 검열하고 장악하기 위해서가 아닌 듯하다. 언어를 단련하는 것은 오히려 무의식의 어긋나고 맥락 없는 말들이 넘어와 활동할 틈과 공백을 마련하기 위해서인 듯하다. 문장을 훈련하면 훈련할수록 말들은 통상적 문법에서 벗어나려 하고 떠오르려 하고, 어느 순간엔 어떤 부정확한 정확성의 날개를 달고 비약한다. 이 정확한 비약의 순간을 겪어본 이들은 뭐든 계속 쓸 수밖에 없을 것이다.

　나는 너무나 많은 첨단의 노래만을 불러왔다
　정지의 미에 등한하였다

_김수영, 〈서시〉 중에서

　첨단과 전위는 늘 놀랍고 부럽다. 하지만 이게 열등감은 아니라는 느낌이 가끔 든다. 나는 늘 후위에 있었다. 첨단은 먼저 오고 후위는 늦게 머문다. 전위는 개척하고 후방은 무얼 지킨다. 나는 가장 먼저 오는 사람을 눈여겨보았지만 가장 늦게까지 남은 사람에게선 눈을 뗄 수가 없었다. 최초의 인간보다는 최후의 인간이 더 좋았다고나 할까. 물론 그 사람의 말과 생각을 사랑

했다는 뜻이다. 그래서인가, 어딘가를 늦게 떠나려 할 땐 나 아
닌 누가 아직 남아 있지 않나 둘러보는 버릇이 생겼다.

안 되는 일

옛날 군 복무 시절 사단 구호가 '단결, 하면 된다'였다. 그걸 입에 담아야 할 때면 이따금 눈치 봐 가며, '되면 한다'고 중얼거리곤 했다.

하면 되는 일은 일상 업무고 인생 '중대사들'이다. 물론 이게 더 어려울 때가 있지만 언제부턴가 생각이 좀 달라졌다. 나는 되는 건 거의 안 한다. 그래서 자주 걱정이나 힐난을 산다. 내겐, 딱히 중대사가 없다. 안 되는 것만 골라서 한다.

할 수 없는 것을 한다. 물론, 할 수 있을 리가 없다. 못 하면서 한다. 못함을 한다. 앞으로도 늘, 못할 것이다. 안 될 것이다.

사실 대단한 이유는 없다. 되는 일보다 안 되는 일이 어쩐지, 조금 더 '될 것 같아서'이다.

시만 '좋으면' 되나? 하는 비난 속에는 글 잘 쓰면 다인가? 하는 힐난이 들어 있다. 그리고 '잘 쓴 글'에 대한 거부감과 더불어 글쓰기의 어려운 공정을 어떤 삶의 관점으로 누르려 하거나, 대화를 회피하려는 태도가 비쳐나기도 한다.

글에 대한 삶의 우위에도 한계가 있을 것 같다. 삶이 글을 타고 앉더라도 다 씹어 먹을 순 없다는 얘기다. 하지만 삶에 대한 글의 우위(?)는 꿈에 떡 얻어먹기보다도 더 확률이 낮다. 글은 삶에 대해 언제나 기아선상인 것이다.

나는 잘 못쓰지만 잘 쓰고 싶다는 건 내 바람이었고, 지금도 그렇다. 더 잘 할 수 있는데 잘 하려 하지 않는 '쟁이'들을 꿈에서도 이해하기 어렵다. 잘 못하는 '쟁이'들은 다른 걸 잘 하리라. 왜 잘 해야 하나 하면 서정주가 아니라, 김수영을 들어 말해볼 수도 있다. 김수영의 시는 시도 아니라는 낡은 문인들도 많지만 시도 아니라고 힐난 받는 그 지점, 그게 뭐 다른 게 아니라 바로 '잘 하는' 것이라는 점이다. 요는, 뭐든 발광 직전까지 가야 한다는 것.

'잘 쓰지 않겠다'는 그 태도를 아사 직전까지 밀고 가볼 수는 없을까. '좋으면'이란 건 뭔가? 좋은 줄도 모르는 것이다. 그런 '존(zone)에 들어간' 자들은 당해내기가 어렵다는 것을 아는 것만으로도 한 걸음 내디딜 것 같다.

사무사

공자님은 시경의 시편들을 두고,

"삼백여 편의 시들을 한 마디로 포괄해 말하자면 생각(마음)에 사악함이 없음(思無邪)이라 말할 수 있다"고 하셨는데,

요즘 내 생각은 이렇다.

"한 편의 시를 백 마디 말로 거듭 말하자면 그것은 생각에 생각함이 없음(思無思)이라 할 수 있다".

허무의 얼굴

꼭 해야 할 일은 생계 노동과 공적 의무, 사적인 업무들이라 생각해왔다. 사실 이것들은 할 일들이거나 해야 할 일들이었다. 이 중에는 독서와 글쓰기도 포함되었고.

요즘처럼 아주 바쁜 때를 빼면 이런 일들을 하고도 시간은 늘 남았다. 남는 시간에 무얼 했나. 아무것도 하지 않았다. 그냥 멍하니 멈춰 있거나 술을 마셨다. 이 시간이 제일 행복했다.

일을 더 할 수 있는데 내키지 않았다. 이 시간에 나는, 생각을 했다. 생각을 생각했다. 생각하지도 않았다. 내 인생을 무연히 바라보았다. 살고 있는, 정확히는 살아 있는 나를 오래 지켜보았다. 무언가 딴 일을 해야지 다짐해도, 잘 되지 않았다.

이것이야말로 내가 '하는' 일이었다. 정신의 집중력을 그렇게나 오래 잃어가며, 온갖 계획들을 무너뜨리며, 외출을 포기하며, 사랑을 놓치며, 성내지도 시기하지도 미워하지도 않으며, 나는 무엇에 홀려 있었나. 무엇을 보고 있었나.

방금, 문득 깨달았다. 나는 허무를 보고 있었다. 달콤하고 멀고 막막해서, 그 품에 안기면 조금씩 수명이 줄어드는 것 같은, 기력이 사라지고 몸에서 피가 새어나가는 듯하고 심장이 아파지는, 허무의 얼굴을 보고 있었던 것이다. 나는 그 얼굴을 때로 시의 얼굴이라 생각한다.

불구

'불구(하다)'는 '얽매이거나 구애받지 않다'는 뜻의 말이다.

체면이나 염치를 좋아한다. 이게 없으면 비루해진다. 하지만 사랑하지는 않는다. 이 말들에 어떤 포장과 가식의 느낌이 들어 있는 듯해서다.

체면 불구나 염치 불구에는 비루한 느낌이 들어 있다. 규범과 양식에 뜻밖의 균열이나 결여가 생기는 순간이어서일 것이다. 하지만 글쟁이의 심정으로는, 바로 이 체면 불구나 염치 불구의 순간을 사랑한다.

'불구'란 말에는 또 '몸이 온전치 않거나 기능을 잃은'이라는 뜻이 있다. 장애를 가졌다는 말이다. 누구나 체면과 염치를 지키려고 애쓰며 산다. 하지만 그게 안 되는 때가 드물게 있다. 그때 마음은 갖은 애를 다 써 봐도 '불구'를 가진 몸처럼 자꾸 무너지려 하고 기어 다니려 한다.

어쩔 수 있는 것들은 보기에 좋고 흔연하다. 어쩔 수 없는 것들은 보기에 괴롭고 난감하다. 하지만 인간의 난감한 순간을 사랑한다. 그게 날 더 사로잡고 무언가 더 쓰고 싶게 만들어서다.

사실 글쟁이로서 나는 늘 '불구'의 상태에 놓인 사람들, 불구이면서 불구인 줄 모르고 태연히 살아가는 사람들에게 가장 관심이 있다. 도덕적으로 매우 철저한 사람들도 저도 몰래 어느 때 이런 상태가 되기 때문이다.

부업과 본업

함민복 시인의 시 〈긍정적인 밥〉에 보면, 시 한 편은 삼만 원이고 시집 한 권은 삼천 원에 인세는 삼백 원이다. 이게 박하다 생각하다가, 그 교환가치가 쌀 두 말 국밥 한 그릇 소금 한 됫박이라 여기며 자족하는, 속 편한 화자가 나온다. 내가 아는 이 시인은 이런 성품이다.

시 한 편은 그렇다 쳐도 시집 인세는 약간 엄한 계산이 필요하다. 함민복 시인은 시집 내면 10쇄도 더 찍는다. 오천 부, 만 부를 팔면 잘 하면 작은 소금창고엔 소금도 채울 것이다. 이 분이 본래 물욕이 없어 가난하고 전업에 가까운 생활을 했기에 저런 시를 쓸 수 있었을 것이다.

시인 수입이 최하위라는 기사를 페이스북에서 보았다. 그리 괴로워할 일은 아닌 것 같다. 돈으로 보면 시인은 직업이 아니다. 부업일 뿐이다. 부업이 직업이 되는 희귀한 경우도 있겠지만, 시인들은 대개 진심으로는 시로 밥 벌어 먹으려는 생각 같은 건 애당초 안 할 것이다. 다 뭐든 딴 일들을 하는 걸 봐도 그렇다.

나는 원고료를 박하다 생각한 적이 거의 없다. 안 주려 하기에 화를 낸 적은 있다. 시만 써서 생계를 해결하려는 건 무모한 꿈이라 생각해 이것저것 본업성 부업을 하며 시 쓸 시간을 벌기 바빴다. 원고료와 인세는 부업에도 못 미치는 쥐꼬리다.

시로 벌어 먹자거나 시 써서 못 먹고 산다고 아쉬워하는 것보다는 쓰다가 굶어 쓰러지겠다는 태도가 더 정직할 것이다. 하지만 대개는 그럴 정도로 시에 절박하지 않다. 아니, 거꾸로 말해야겠다. 벌어먹는 게 더 중요하다. 그게 삶이다. 살아야 쓸 것도 생긴다. 그래야 시 쓰기가 본업이 된다.

소통

얼마 전에, 좋아하는 어떤 작가로부터 볼멘 물음 겸 불평을 들었다. 요즘 시들은 읽기 어렵다고. 읽어도 무슨 말인지 잘 알 수 없고, 그래서 소통도 안 되는 시가 무슨 의미가 있느냐고. 시원스레 대답을 못 했다.

그런 의문과 불만을 살 만한 그저 어려운 시들도 있는 것 같다, 하지만 다 그런 건 아니지 않겠느냐고 한 게 내 대답이었다. 작가들은 어려운 문제들을 다 소통 가능한 방식으로 쓰는 건지는 잘 모르겠다.

내가 아는 삶과 현실은 늘 소통 불가능의 장애에 부닥친다. 내면에서도 바깥 세계와의 관계에서도 그렇다. 작가와 시인은 다 소통 불가능한 문제들과도 나날이 씨름하는데 왜 시는 소통 가능한 것이어야 한다고 생각하는지는 역시나 잘 모르겠다.

이해도 안 되고 소통도 안 되는 문제들에 대해서라면 시는 이해할 수 없음과 소통 불가능성 자체를 그 자체로 보여줌으로써 시가 되는 것 같다. 병을 병으로 대면하는 게 환자에게는 중요하다. 그는 병인(病因)이 뭔지 모른다. 그러나 모르면서도 병듦 자체를 받아들일 때, 나을 가망이 생긴다.

앎이란 시의 세계에서 어느 땐 부수적인 것이다. 시는 잊고 있었던 인의예지와 효제충신을 알려주는 게 아니다. 우릴 각성시키는 역발상과 깨달음과 갖은 지혜도 시는 아니다. 시는 이 모든 대답들을 불시에 정지시키는, 어떤 물음이다. 어두운 빛 같은 것이다. 근본적으로, 시에는 소통이란 게 없는 것 같다. 소통이란 늘 시의, 다음에 오는 것이다.

갱도에서 나온 무개차에 실린 석탄 더미도 시라면 시일 것이다. 하지만 광부는 그때에도 계속 모르는 어둠을 파고 있다. 이게 뭐지, 이게 뭐지 하는 물음의 상태만을 힘겹게 밀고 나가며. 그러니 시원스런 대답이 있을 수가 없다.

대리

선량한 거지 톰 캔티는 왕자 에드워드와 옷을 바꿔 입고 그의 대리를 했다. 마크 트웨인의 『왕자와 거지』 얘기다. 한참이 지나 거지 노릇 하던 왕자가 대관식에 나타나자, 그는 다행히 대리를 그만둘 수 있었다.

나도 여느 시인들처럼 어쩌다 시의 가시방석에서 왕자 대리를 하고 있다. 잠깐 떵떵거릴 때가 없진 않지만 거의 언제나 침울하다. 자리 주인이 나타나기를 선량한 마음으로 고대하고 있다. 시의 왕자가 찾아와야 몇 글자 쓸 수 있다. 그럴 때면, 나는 그에게 기쁘게 가시방석을 내준다. 피 흘리는 그를 넋을 잃고 바라본다.

지난 주말의 어느 행사에서, 시가 뭐냐는 방청객의 즉석 질문에 즉흥으로 저렇게 대답했다. 한 마디 덧붙이자면 이렇다. 시의 왕자는 결코 즉위할 생각이 없다. 그는 넝마를 두르고 우주를 한량없이 떠돈다. 가시방석을 완전히 내주고 대리를 그만둘 방도는 당장 없는 것 같다.

이상하고 무서운 말

김수영의 1953년 작 〈미숙한 도적〉은 언뜻 봐선 어렵지 않은
데 읽을수록 아리송한 시다. 술에 취해 친구와 같이 여관엘 들
었다가, 아래층 끝 방에 또 내려가 얼굴을 알아볼 수 없는 "꺼먼
사람" 셋과 술 마시며 "음시를 읊"다가, 다음 날 깨어 여관에서
나온다는 내용이다. 아주 중요해 보이지는 않는 작품인데, 이상
하게 옆구리를 찌른다. 이를테면 이런 문장들.

"의치를 빼어서 물에 담가놓고 드러누우니
마치 내가 임종하는 곳이 이러할 것이니 하는 생각이 불현듯이
든다"

"얼굴은 분간할 수도 없는데
술 한 병만이 방 한가운데
광채를 띠고 앉아 있다"

"나이를 물어보기에 마흔여덟이라고 하니 그대로 곧이 듣는다."

"의치"에 배어 있는 포로수용소의 기억, "임종"이라는 말, 그리
고 무엇보다도 "마흔여덟"이라는 숫자에 눈이 간다. 농담 섞어

하는 말이지만, 모르는 세 사람은 저승사자 같고 "마흔여덟"은 열다섯 해 뒤에 찾아올 자기 죽음의 예언 같다. 정체불명의 그들이 "곧이 듣는다"는 말도, 곧이 들리지 않는다. 시는 가끔 이상하고 무서운 말을 한다. 섬뜩하고 송연하다.

헛디디고 마는 지점

시에는 유려한 문장과 정제된 언어표현들이 주된 가운데, 부정확한 문장이나 어눌한 말투, 그리고 불분명한 낱말들이 등장하기도 한다. 대가급 시인들의 시에 후자의 현상이 보일 때 갸우뚱하게 되지만, 그렇다고 시인의 명성을 의식해서 뭔가 비상한 의도나 대단한 의미가 들어 있으리라 지레 짐작할 필요는 없을 것 같다.

오히려 의도하지 않았거나 의식하지 못한 허술함, 더듬거림이 있다고 믿어보는 게 좋을 것 같다. 의식의 통제가 무너진 언어 부위엔 어떤 식으로든지 무의식의 자취가 묻어 있을 때가 많다. 언어 통제력이 강한 시인들이 여지없이 헛디디고 마는 지점엔 반드시 무언가가 있다고 믿는 게 더 합리적인 생각일 듯하다. 쌩쌩한 '현역'이라면, 그런 델 가서 그렇게 엎어지고 자빠지고 해야 한다. 시에 무슨 대가연이 있겠나.

누구에게나 "진리는 언제나 위협적인 것"(신형철)이다. 시인의 단련된 언어는 이 '진리=진실'에 다가서기 위한 창이기도 하고 이것으로부터 안전을 도모하기 위한 방패이기도 하다. 창을 휘두르고 방패로 막고 하는 격한 전투의 와중에는 산전수전 다 겪은 무사도 부상을 입고 피 흘린다. 허술하고 어색하고 더듬거리는 말들은 그가 진실의 창과 칼에 다쳐 피 흘리는 순간에 태어난다.

정신의 등반가

극지 탐험이나 히말라야 등반 같은 걸 왜 하나 하고 의아해했다. 경기도 남양주의 어느 산 밑에서 18년을 살면서 사백 미터 남짓한 그 산에 기껏 한 열 번 올랐던 나로서는, 거기 혼기를 놓친 아리따운 선녀가 산다 해도 그 이상은 안 올랐을 것이다. 하고 싶어서 하는 거겠지, 하고 싶을까, 정말 하고 싶었을 것이다. 이렇게 언젠가부터 생각을 정리했다. 그렇게 생각하지 않으면 답이 안 나올 것 같아서였다.

어려운 건 막을 이유가 없다. 오히려 장려한다. 힘든 일은 남 시키는 것만 봐도 그렇다. 아주 불가능한 것은 금지할 필요가 없다. 아무도 안 하니까. 사회는 어쨌든 가능한 것만 금지한다. 힘과 돈과 이름이 있는 영역에 대한 진입 장벽은 높이거나 아예 접근을 금지한다. 이것은 해보면 어지간히 가능한 수단과 경로로써 닿는 세계이다.

물론 별 쓸모가 없어서이기도 하겠지만, 해 봐도 잘 안 되고 돈도 힘도 없는 문학 같은 건 지망생의 혈족들만 말릴 뿐, 아무도 금지하지 않는다. 거기서 나오는 게 분명치 않아서다. 하지만 예나 이제나 정신없는 몽상가들이 '하고 싶어서' 이 방면에 아까운 정열과 시간을 바쳐온 데는 이유가 있을 것이다.

등단이나 출간이나 수상 같은 현실적 진도와 무관하게 작업이 심각 단계에 접어들면, 그는 그를 에워싼 인생 공기에서 심상찮은 불길함을 느끼게 된다. 긴 세월 동안 지불한 온갖 노력과 주변의 평판과 주관적 신념을 짓누르는 어떤 다른 기운의 엄습을, 직관적 정확성으로 알게 되는 것 같다. 이것은 그저 어려운 게 아니라 불가능한 것이었구나.

그는 가족이 그를 말리고 사회가 그를 금지하지 않은 이유를 단번에 알아버린다. 그는 낭가파르밧의 높은 협곡에서 길 잃은 등반가처럼 어두운 방안에서 침침하게 창밖을 본다. 지금 그를 금지하는 것은 그가 그렇게 애써 닿으려던 그것 자체다. 정신의 등반가는 정상으로도 산 아래 마을로도 갈 길이 안 보여 발아래 크레바스를 가만히 내려다본다.

졸음

며칠 이것저것 일을 벌여 놓고 처리하는 와중에 자꾸 뒷골이 당기는 걸 보면 몇 군데 마감이 지났거나 다가오는 중일 거다. 그래서 오후엔 소주 한 병 반주하고 낚시꾼마냥 앉아 서너 시간 끄덕끄덕 졸았는데도 한 소식은 없고, 술이 덜 깼는지 백태가 낀 듯 눈앞이 뿌옇기만 하다. 낚시 바늘을 안 잘랐네.

삶이 시보다 늘 더 크겠지만 어떤 최고조의 시는 삶의 턱 밑까지 기를 쓰고 차오른다. 그걸 넘어버리려고. 그런 시들 보면 은은히 질리고, 내 시는 더욱 올 기미가 없어진다. 이런 때 나는 내 삶이 매미가 우화하고 남은 껍질이거나 수풀 속에 뱀이 남긴 비닐 같은 허물이었으면 싶어진다.

시는 삶에서 나오지만 삶이라는 숲은 시에겐 장님이거나 귀머거리일 때가 많다. 시가 되려면 삶은, 시를 위한 것이어야 한다. 시를 위한 삶 속에서는 시가 늘 삶보다 더 크다. 매미 껍질과 뱀 허물이 부서져 없어져도, 매미는 길이 나무에서 울고 뱀은 땅에서 붉게 날름거린다. 그럼에도 시가 나보다 더 중요하다는 걸 끝내 믿지 못한다. 졸기만 한다.

방학 계획

방학이니까 방학 계획을 세워야지. 초등학생들처럼.

그런데 계획은 못 잡고 몇 시간째 공상 중이다. 여행이나 독서나 논문이라면 좀 쉬울 텐데. 여행은 여정을 만들면 되고, 독서도 논문도 논리적 추궁이 불러오는 아이디어들을 따라 단계를 밟아 나가면 어떻게든 될 텐데.

시 쓰기에는 산문에 필요한 개요가 없는 경우가 대부분이다. 아이디어가 생기면 어쨌든 구성을 잡아서 엉덩이 힘으로 쓴다는 소설, 희곡과는 다르다. 시 쓰는 데 엉덩이는 필수품이 아닌 것 같다.

생활의 계기는 무한하지만 사람들은 계획과 의지로써 이걸 컨트롤 한다. 그런데 변명처럼 들리겠지만 시 쓰기에는 이상한, 의지의 무의지성 같은 게 있다. 결심하면 생각이 흩어져버리고 방심하면 생각이 모이는 것이다.

딴 짓 하다가도 문득 쓰기 시작한다. 걸으면서도 마시면서도 꿈꾸면서도. 물론 그땐 열심히 쓰지만.

그래서 방학 계획을 포기했다. 그냥, 놀기로 했다. 딴 짓이나 실컷 하자. 논문도 쓰고 시집 원고도 만들고 심사도 좌담도 해야 하지만, 우선은 그냥 놀자. 애들은 놀아야지.

불가능성

후배이자 국어교사인 어떤 이가 지난 주말에 저녁 먹다가 불쑥 물었다. "시 읽고 쓰는 데 젤 중요한 게 뭐예요?" 별로 고민하지 않고 편하게 대답했다. "살다 보면 더 못 살 것 같거나 어떻게 살아야 할지 모를 때가 있지요. 시 읽고 쓰는 데도 그럴 때가 있어요. 막다른 곳에 처해 보는 것, 하지만 그곳이 종점이 아니라 출발점이라는 걸 아는 것, 그게 중요하지 않을까요?"

빤한 말을 한 것 같다. 하지만 빈말을 한 건 아니다. 문학은 안 되는 걸 한다. 어떤 가능성을 불가능성의 시각에서 다룬다. 펜만 가지고는 5월 광주도 안 되고 노동 해방도 안 되고 '세월호'도 안 되고 친일 척결도 안 되고, 마누라도 남편도 안 되고, 아침 꽃이나 저녁놀도 안 된다. "설렁탕 집 돼지 같은 주인 년"에게도 안 되고 "애놈의 투정"(김수영)에도 안 된다.

정확히는 저 모든 것들에서 자기만의 불가능성을 찾아내는 것, 언어를 부여하거나 발견할 수 없는 안 됨과 막힘의 포인트를 찾는 게 필요할 것 같다. 아니, 찾기 전에 이미 그것들에게 꿰뚫리거나 사로잡히는 상태가 중요하리라. 다루기 어려운 질료들만이 아니라 모든 비근한 것들 앞에서 난 안 돼 하고 말문이 턱, 막히는 순간이 있어야 한다는 것. 안 막히면 안 뚫린다. 다 아는 걸 왜 묻느냐고? 그게 정말 모르는 것이니까.

예컨대, 요즘 1야당과 어떤 언론의 언어는 일종의 반커뮤니케이션(Anti-communication)이다. 소통의 단절과 왜곡을 소통시키려 한다는 점에서. 소통 장(場)의 오염은 불통을 소통시키기 위해서다. 이 언어들에 대한 무수한 비판과 항의가 있으나 거기에 시는 드물다. '이명박근혜' 시절의 버라이어티한 병리적 현상들에 대해 무수한 분노, 비판, 욕설, 풍자가 있었으나 시는 드물다. 가능성의 테두리 안에서만 말을 찾았기 때문 아닐까.

부적응자들

내가 아는 어떤 작가들은 제 인생이나 세상사에 대한 의견 표출에 있어 별로 발산적이지 않다. 다만 현실에 관심을 열어 둔 채 자기 소명을 고심하는 듯하다. 이들은 오히려 은둔자에 가깝다. 소심한 작가주의라기보다 체질이 그렇고, 무엇보다 쓰기(작업)에 바빠서겠지.

이들의 스타일에 끌리게 된다. 이들은 책 나왔다고 무슨 출판기념회 같은 것도 할 줄 모른다. 하지도 않고 해본 적도 없다. 어쩌다 술자리에서 한 잔 하다 돌아보면, 가고 없다. 이건 마음에 든다. 그런데 술을 아예 안 하기도 한다. 이건 별로다.

그러나 이 부적응자들이 '작품'을 쓰는 것 같다. 자기 책이 회자되는 동안에도 정작 이들은 변방에 있을 때가 많다. 우쭐지도 않는다. 나는 거리의 작가들과 싸우는 시인들 앞에서 옷깃을 여밀 때가 많다. 그러나 골방에서 끼니도 잊고 골똘히 웅크린 그들에게도 마음으로 절할 때가 있다.

잘 이해되지 않는 것들

옳은 말은 숙연하다. 옳은 말 하는 이 곁에서 가만히 듣는 이
는 더 숙연하다. 옳은 말을 약으로 먹지 못하고 독으로 삼키는
얼굴은 더욱 더 숙연하다.

'옳은 말 +a' 또는 '옳은 말 -a'가 문학의 말이겠지. '어느 시인
(황지우)'이 오월 광주의 비(碑)에 양력 오월 날짜를 적지 않고, 음
력 사월 날짜를 새겨 넣었듯이. 두렵고 지겨워 아무도 들어주지
않는 오월 대신에 사월이라도 눈앞에 들이대보는 응급 처방이나
화재 경보 같은 것. 같은 말을 다르게 한 번 뱉어보는 것이 백 권
의 책을 독파하는 것보다 어려울 때가 있다는, 말도 안 되는 말
이 통용되는 골방이 창작의 후미진 병실 아닐지.

말로 하여 병들어보지 않은 이는 무에서 유가 나온다는 착각
에 자주 빠진다. 그런 창조는 하느님의 것이다. 있는 말에서 없
는 세상이 나온다. 유의 손가락 끝에서 무의 불꽃이 점화하는
것. 의식의 무장이 아무리 반성적이어도 무장은 무장이다. 중무
장은 자기 경직으로 뒤뚱거린다. 시의 세계에서 완전 무장은 무
장 해제를 이기지 못한다. 의식의 비무장이야말로 정신의 중무장
인 것.

배울 만큼 배운 글쟁이들이 알아먹기 어려운 말을 시에 적을
때는 뭔가 이유가 있지 않을까 짐작하는 것이 상식이다. 조금만

이해가 안 되는 시면 반사적으로 난해시로 몰아대는 이들은, 제 삶의 어려움이나 권태를 시에다 심심풀이 하는 가짜 환자 아닐지? 엎어져보지 않은 무릎엔 상처가 없는 법이다. 시는 잘 이해되지 않는 것들의 오랜 친구다.

　늘 가지고 나와서 주워섬기는 말 말고, 집이 가두고 마음이 숨긴 그 말들을 꺼내 보려고 헛구역질이라도 할 때, 뭔가가 시작되지 않을까. 이유의 이유, 즉 원인은 원래 찾기도 표현하기도 어렵다. 그리고 중병엔 독이 약일 때가 많다. 시가 무슨 힐링이나 된다고. 진통제 그만 찾고, 병원으로.

말과 귀

말 많은 사람은 참기 어렵다. 궁금하지 않다. 어떻게 저리 말이 많을까 하는 궁금증 말고는 궁금한 게 안 생긴다. 그는 듣는 이의 호기심과 자신의 신비를 죽이느라 쉼 없이 떠든다. 그러나 대개 이야기는 재미가 없고 논변엔 두서가 없다. 그는 분석 욕구를 자극하지만 그의 증상에 대해서라면 그를 찍은 동영상을 보는 편이 나을 것이다.

말수가 적은 사람은 궁금하다. 덜 말하는 사람의 몇 마디 말은 몸을 간질이는 손가락들처럼 뇌 속을 꼬물거리며 조바심을 불러일으킨다. 그의 다음 말이, 그 다음 말들이 기대를 일변 채우고 일변 배반하면서 궁금증을 해소해주다가는, 다른 궁금증을 발생시키는 것이다. 이야기에든 논변에든 귀 기울이게 된다.

과묵이 회피를 일삼을 때는 참기 어렵다. 말로 바꾸기 어려운 어떤 걸 말하려고 무진 애를 쓰다가는 진실의 거역할 수 없는 힘에 눌려 떠듬떠듬 몇 마디를 내놓는 사람과 달리, 그는 진실이 지뢰밭이나 된다는 듯 요리조리 피하는 자의 간교한 두뇌로 말더듬이를 흉내 낸다. 그의 말은 보이지 않는 진실의 공격으로 인해 시작부터 얼룩덜룩하고 너덜너덜하다.

그러나 말이란 많을 수도 적을 수도 있는 것이다. 말 없는 이들은 아예 참을 수가 없다. 침묵은 죽음의 것이지 않겠는가. 말이 불가능하거나 말이 불필요한 사람의 상태는 막막한 호기심을 불러일으킨다. 다른 걸 겪고 다른 세상을 보지 않고서는 그럴 수가 없는 것이다. 호기심이 커지면 귀를 만지작거리게 된다. 참아내는 귀, 침묵을 들을 수 있는 귀가 필요해지는 것이다.

저속을 응원함

나는 책을 읽고 글을 쓰고 수업을 하고, 조그만 연구라는 걸
한다. 약간의 대외 활동을 하기도 한다. 이거 말고는 거의 하는
일이 없다. 나는 '안 하는' 게 훨씬 더 많다. 이렇게 많은 걸 '안 하
고도' 늘 바쁘다.

게으르게 움직이고 느리게 생각하고 하품하며 일하지만, 늘
눈 코 뜰 새 없이 바쁘다. 천천히 천천히, 죽어라 바쁘다. 나는
가로수처럼 느리게 가지만 나보다 더 빠른 걸음으로 걷는 사람
들보다 몇 배나 더 바쁠지 모른다. 그 사람들을 살피고 상상하
고 그걸 문장으로 옮길 때가 있다.

어느 땐 힘을 다해 천천히 움직인다. 나는 움직여준다. 걸어준
다. 빠름은 불가능하다. 누가 여길 벗어나고도 여기 있다고 할
것인가. 이곳의 삶이 순식간이라는 걸 안다면 그는 그 순식간을
미친 듯한 슬로모션으로 쪼갤 방도를 찾아야 한다.

내가 느린 짐승처럼 이곳을 기어가는 것은 이곳이 바로 현실
이기 때문이다. 샅샅이 현실이 없는 곳에 미래가 있을 리 없다.
삶이 없는 곳에는 죽음도 없다. 저속엔 대단치는 않을지라도 현
존의 안간힘이 있다. 저속은 죽기 직전의 속도이기도 하고 살아
나기 직전의 속도이기도 한 것이다.

모든 쾌속을 부러워한다. 그러나 모든 과속을 염려한다. 그러

므로 모든 저속을 응원한다.

바보

해외로 보낼 어떤 편지를 궁리하다가, 내가 뭔가 되고 싶은 게 별로 없는 사람이라는 생각이 들었다. 정말 하고 싶은 건지는 모르겠으나 뭘 하기는 한다. 먹고 노는 건 제쳐두고서라도 읽고 쓰는 일 같은 것. 하기는 하는데 뭐가 되고 싶다는 생각이 없다. 요컨대 목표와 비전의 상실 상태.

사람이 되라는 말을 진작부터 흘려들었다. 더 나은 벌레가 되려고 꼬물대는 벌레 같아지는 느낌 때문이었다. 된다면 아마 지금 내가 모르는 어떤 사람이 되겠지. 하지만 사람 되는 일 말고 인생에 무슨 큰 일이 있을까. 그래서 사는 게 울적하고 덧없는 듯도 하다.

직능과 지위와 생활의 물질적 상태에 대해 골몰하는 바가 희미해서 내일 없이 살아왔다. 벌면 써버렸다. 애착이 안 가서였다. 제도와 기관이 하라는 걸 거의 하지 않았다. 귀찮아서였다. 입산하지 않았다. 두려워서였다. 어려서 어쩌다 접한 시 쓰기를 게으르게 하고 있을 뿐이다.

정직과 관대와 사랑은 바보의 재산이다. 누구나 다 천연의 바보였다. 하지만 이 바보가 곁을 떠나면 이것들은 늦가을 마당귀의 잡풀처럼 빛이 바래버린다. 어쩔 수 없거나 어찌해도 좋은 것들이 돼버린다. 대청에 높이 올라 굽어보는 나는 기실 마당에 꿇려놓고 주리를 틀어야 할 바로 그놈이다.

사람 되고 싶은 생각은 여전히 크지 않지만, 오래 전에 이별한 그 바보나 한 번 만나고 싶다.

규범

여덟 살에 안동이란 데로 전학을 가게 되자 나는 주말이면 고향 집과 자취방을 기차로 오가며 지내게 되었다. 할머니를 따라서였는데, 이분은 내가 초등학교 1학년에 딴 애들보다 키가 큰편이었는데도 차표를 늘 안 끊어줬다. 그래서 안동역엘 내려 개찰구를 통과할 때, 나는 할머니의 지시대로 몸을 수그려 키를 줄이고 있다가는, 혼잡한 틈을 타 검표원 아저씨의 눈을 피해 잽싸게 빠져나가야 했다. 이따금 아저씨의 제지를 받을 때는 걸음아날 살려라 하고 줄행랑을 쳐야 했다. 생활비를 아껴야 했던 할머니는 나의 범칙 행위를 흐뭇해하거나, 너무 멀리 정신없이 도망친 날에는 형제들 앞에서 날 놀리기까지 했다.

미욱한 나에게도 학생들만이 아니라 이런저런 경로로 작품을 보이거나 등단과 관련된 문의를 해오는 분들이 더러 있다. 창작자체를 두렵게 여겨 조심스레 묻는 분들에게 나는 다정하고 열성적인 편이다. 반대로, 창작에 품은 뜻은 흐릿한데 등단이란 결과에 매달리는 듯한 분들에게는 아주 쌀쌀하다. 속으로 그렇다는 얘기다. 이 일에도 어떤 모호한 분명함이 있는데, 그건 안개에 가려어도 사물은 제자리에 놓여 있는 것, 안개가 있음으로 해서 사물의 출현은 오히려 역력한 것과 비슷하다는 식으로 얘길 한다.

모호한 분명함은 요컨대, 무임승차의 부당성보다는 태도의 정직성에 대한 말이다. 이분들이 나쁜 마음을 지녔다는 뜻은 아니다. 여덟 살의 나에게 무슨 나쁜 마음이 있었겠나. 규범을 몰랐을 뿐이지. 우리는 사회규범의 분명한 모호함엔 익숙한데 정신규범의 모호한 분명함엔 익숙지 않을 때가 있는 듯하다.

미친 듯한

①

시인은 모든 감각의 길고 엄청나고 이치에 맞는 착란을 통해 투시
자가 되는 것입니다.

온갖 형식의 사랑, 괴로움, 광기, 그는 스스로를 찾고, 자기 자신 속
의 모든 독을 써서 그 정수만을 간직하는 것입니다. 그가 신념을 다
하고, 초인적인 능력을 다 해야 하는, 그가 무엇보다도 위대한 병자,
위대한 범죄자, 위대한 저주받은 자, - 그리고 지고한 학자로 되는
형언할 수 없는 고통! - 그는 미지에 도달하는 것이니까요!

_랭보, 〈투시자의 편지〉 중에서

②

시는 온몸으로, 바로 온몸을 밀고 나가는 것이다. 시는 문화를 염두
에 두지 않고, 인류를 염두에 두지 않는다. 그러면서도 그것은 문화
와 민족과 인류에 공헌하고 평화에 공헌한다. 바로 그처럼 형식은
내용이 되고 내용은 형식이 된다. 시는 온몸으로, 바로 온몸을 밀고
나가는 것이다.

_김수영, 〈시여, 침을 뱉어라〉 중에서

③

이 순간 이후의 세계에서

내 생애 다 못 굴린 덩이를, 덩이를, 목적지까지 굴리려 하네.

이 순간 이후의 세계에서 또 다시 추방당한다 하더라도

굴리는 데, 굴리는 데, 도울 수만 있다면,

이룰 수만 있다면...

『전태일 평전』 중에서

  시 쓰기의 지침과 방도가 되는 시(창작)론은 많다. 집었다가 곱씹고 곱씹다가 내려놓고 또 집어 드는 세월 속에서, 제일 또렷이 남은 건 이 셋이다. 하나는 편지고, 다른 하나는 본래 강연문이고, 마지막 것은 편지 형식의 유언이다. ③은 이십대에, ②는 삼십대에, ①은 사십대에 찾아왔다.

  랭보는 분석적이고 김수영은 직관적이며 전태일은 정념적이다. 문면의 인상이 그렇다는 것이지 이들의 '의식+무의식'의 차원은 그렇지 않을 것이다. 그래서 세 문장은 다 명료하게 해독되지 않는다. 이 문장들이 담화 이전에 시가 되어 있기 때문이다. 이들의 의식이 '론'을 쓰기 전에 이들의 무의식이 벌써 '시'를 썼다는 뜻이다.

이 문장들을 각각 마음에 품은 우리 시대의 시인들은 서로 다른 시들을 쓸 것이며, 실제로 그래 왔다. 이들을 각각 무리 지어 볼 수도 있을 것이다. 하지만 셋을 한 자리에 묶어 앉힐 수가 없을까. 랭보의 '감각'과 김수영의 '온몸'과 전태일의 '덩이'가 따로 노는 것일까. 이걸 가끔 둔한 머리로 고심해볼 때가 있다.

요즘은 거꾸로 생각하기도 한다. 이 셋이 어떻게 다를 수가 있는가. 랭보의 '착란'과 김수영의 '밀고 나감'과 전태일의 '굴림'은 삶과 정신의 한계 지점에서 동시에 발생하는 행위고 목소리다. 이들은 각각 서로의 주석이 될 수 있다. '동시성'과 "이행"의 정신이 삶 전체를 응축하고 들어 올리는 시적 순간을 계시한다는 점에서.

미친 사람은 쓸 수 없다. "마음의 시적 상태"(황현산)의 임계점은 아마 '미친 듯한'이 될 것이다. 사실 내가 궁금한 건 이거다. '미친 듯한'은 알겠다. 그런데 거기서 어떻게 말이 태어나는가. 무슨 경로, 무슨 공정으로? 그런데 이건 또 머리로 알기 어렵다. 긴 밤을 등불 아래 앉아 누가 시를 쓴다. 진짜로, 그의 피로하고 뜨거운 몸이 쓰는 것처럼 보일 때가 있다.

모르는 상태

학창시절에 배워 들은 말들 중에 오래 남아 있는 게 둘 있다. "선생님, 문학 공부는 어떻게 해야 할까요?" "알 때까지 읽게." 이것이 그 하나다. "선생님, 시는 어떻게 써야 합니까?" "모를 때 쓰게. 알면 못 쓰네." 이것이 둘이다.

알 때까지 읽으라는 말은 알고도 따르질 못하다가, 마흔에 학위논문을 쓸 때 희미하게 겪어 수긍한 바가 있었다. 모를 때 쓰라는 말은 늘 유념했으나 적이 미심쩍은 느낌도 있었다. 알고 있음 자체를 모르는 천진한 감각의 예도 있겠으나, 시는 결국 아는 만큼 쓰는 것 아니겠느냐는 생각에 젖으면서였다.

이제 생각하자니, 모를 때 쓰라는 말은 그저 몰라도 좋다는 게 아니었다. 지식과 개념을 눌러 앎의 정지 상태를 초래하는 편이 상상력과 직관의 발동에 도움이 된다는 것만도 아니었다. 그냥, 시는 모르는 것에 대한 말이란 뜻 같다. 모르는 것 앞에선 아는 체 할 이유도 모르는 체 할 이유도 없다. 모름에 직면한 사태에 곧 어떤 희미한 앎의 단초가 들어 있을 것이다.

그러니 모름이 될 수밖에. 그런데 그저 모르는 상태란 대체 어떤 상태란 말인가.

무병신음 無病呻吟

제천역 화장실에 빈 곳이 없어 장애인용 칸에 들어갔다. 급한 불을 끄고 나니 좀 두려운 느낌이 든다. 만약 팔 다친 사람이나 다리 불편한 사람이 문 열고 들어와 추궁하면 무슨 대답을 할까. 전전긍긍이 따로 없다.

장애인용 칸에서 용변 보는 일은 아프지도 않은 사람이 아픈 체 끙끙거리는 것과 하나도 다를 게 없는 것 같다. 무병신음은 바로 나를 두고 하는 말이구나. 하지만 누가 문 두드릴까 겁을 내며 이마에 땀이 나도록 힘을 주는 나는, 어쩌면 진짜 좀 아픈 사람인지도 모른다.

시도 어쩌면 안 아프거나 덜 아픈 사람이 진짜 아픈 사람 앞에서 쩔쩔매며, 고통에 대해 더듬거리는 말 같은 것일지도.

노래가 된 시들

계간 『문학동네』 겨울호의 표지에 실린, 밥 딜런에 대한 책(에 대한) 광고를 한참 들여다봤다. "시가 된 노래들". 그럴싸하다. 이 때의 '노래'는 노랫말이란 뜻이겠지. 하지만 나는 여러 면에서 이 카피를, '노래가 된 시들'로 고쳐 쓰는 게 좋을 것 같다는 생각이 든다. 이 때의 '노래'는 노랫말이란 뜻이 아니다.

기본적으로, 딜런의 어떤 노랫말들은 시다. 시라고 인정한 위에서 음악과의 특별한 연관을 고려해서, 그의 '노래'가 시의 어떤 영역을 새로이 개척한 바가 있다고 여겨서 (나로선 아리송하지만), '노벨상 위원회'가 그를 수상자로 낙점한 것이다.

시도 원래 노래였고 딜런의 음악도 노래다. 아주 옛날 '발라드 댄스'의 후손들이다. 좀 단순하게 생각하자면 시에는 음악이 줄었고 현대 음악에는 '시=노랫말'의 의의가 약해졌다. 그런데 딜런의 '음악=노래'는 어떤 다른 '시적 표현'이 됐나?

요컨대, 그의 '노랫말=시'는 지구 위에서 쓰인 무수한 '시'들이 닿지 못한, 어떤 '노래=특별한 시'에 도달했는가? 음악을 잘 모르는 나는 이게 궁금하다. 그리고 그의 수상에서는 이게 중요하다고 본다. 그래서 '시가 된 노래들'이 아니라 '노래가 된 시들'이 대체 뭔가 알고 싶다.

불난 집

여덟 살 늦봄에 산골 초등학교에서 안동 시내의 초등학교로, 할머니 손을 잡고 전학을 갔다. 70여 명이 바글거리는 낯선 교실 맨 끝 귀퉁이 자리에 쭈뼛거리며 앉았다. 앉아서도 쭈뼛거렸다. 어쩔 줄 몰라서 끙끙거리고 있는데, 창밖으로 할머니가 운동장을 가로질러 돌아가는 게 보였다. 나는 가방을 안고서는, 교실 문을 열고 (울면서) 할머니를 부르며 정신없이 달려나갔다.

할머니는 두고두고 날 놀렸지만, 학교에 나름대로 적응했고 뜻밖에 훈장 노릇도 하고 있지만, 시 쓰기에 대한 내 원체험은 언제나 저 장면이다. 여덟 살의 나는 화성에 혼자 버려진 듯 막막했다. 학교는 '어쩔 수 있는' 인간을 길러낸다. 하지만 시 쓰기 수업은 '어쩔 수 없는' 인간을 길러낸다.

'어쩔 수 없는' 인간은 늘 '어쩔 줄 몰라 하는' 순간을 사는 인간이다. 인간에게는 아무 대책도 방법도 정신도 없는 시간이 찾아오게 마련이다. 그러므로 인간의 그런 상태에 마음의 주파수를 맞추는 게 사실 시 쓰는 일의 거의 전부다……라고 학생들을 꾄다. 시는 답을 찾을 줄 모른다. 낫 놓고 기역자도 모른다.

고독이든 슬픔이든 공포든 행복이든 그것이 시에서 정말 고유한 것이 되려면, 시인이 갑자기 중병을 선고받거나 실수로 집에 불을 낸 사람처럼 황망과 난감에서 헤어나지 못하는 상태에 처해야 할 것 같다. 아무리 능숙한 글쟁이도 더듬거리게 되는 상태에. 사실, 능숙해지려 애쓰는 건 더듬거리기라도 해보기 위해서다. 시는 늘 문제만 만들고 만다. 불난 집이다.

밤의 귀

'시는 누군가의 SOS이거나
나의 SOS이다.'

이 문장을 오전 내내 곱씹고 있다. 'Save Our Souls'로 읽어볼
수 있을 것 같다. SOS는 어디서 오는 걸까. 외부의 구조가 없으
면 헤어날 길 없는 상태란 어떤 것일까. 누군가의 조난 상태를
나는 알 수 없다. 내 마음 속 깊은 곳에 내가 헤어날 수 없는 어
둠이 있을까. 역시 알 수 없다.

나의 SOS는 지금껏, 그곳들에 훨씬 미치지 못하는 곳에서 타
전돼 왔던 것 같다. 내가 적은 말들은 그래서, 긴급하지가 않다.
절규가 덜 된 절규, 신음이 덜 된 신음들을 보면 알 수 있다. 그
러나 나는 그곳들에서 헤어날 수 있기 때문에 역설적으로, 그곳
들로부터 헤어날 수 없다.

소리들이 들려오기 때문이다. 귀 하나의 인간. 귀 하나의 세상.
귀 하나의 말. 귀는 구멍들로 된 기관이다.

시와 도

대도가 폐하면
인이니 의니 하는 것이 나서고,
지략이니 지모니 하는 것이 설치면
엄청난 위선이 만연하게 됩니다.
가족 관계가 조화롭지 못하면
효니 자니 하는 것이 나서고,
나라가 어지러워지면
충신이 생겨납니다.

_오강남 역, 『도덕경』 18장

    인의예지는 이성적 분별 위에 지은 집이고, 그러한 윤리적 규범
의식 이전에 도가 있다는 말 같다. 멋있지만 공허하다기보다 공
허하지만 멋있다는 생각이 든다.
    머리에 생각이란 것이 들어오기 전의 상태가 중요한 것 같다.
예컨대, 남의 여자(남자)와 여관에 들어간 다음에 오만 고뇌를 해
봐야 이미 늦다. 고뇌가 들어오기 전의, 모호하고 공허한 상태에
서 결단해야 한다는 것. 생각하지 말아야 한다는 것. 머리는 간
교하다.
    그 흐릿하고 공허한 것이 명백한 규범의 세계를 싸안고 있는

모체다. 생각하면 이미 늦다는 것은 시와 관련지어 보면, 생각을 중지시키는 충격의 순간이 있다는 말일 터이다. 그렇기에 시는 명징한 발화를 탈의하고 어쩔 줄 모르는 알몸을 늘 급소로 삼는다.

급소의 노출과 해제가 시의 전투 방식이라는 것. 시와 도는 멀지 않은 듯하다.

잘 듣는 일

　머리에 비해 귀가 작은 편이어서 어려서부터 재물 복도 없고 청력도 좀 약하다고 생각해 왔다. 재물 복이란 말에는 크게 괘념치 않았지만 청력은 포기할 수 없는 것이어서 신경을 좀 소모해 왔다.

　며칠 귀가 아팠다. 감기 증상이 없으니 중이염은 아닌 것 같은데 두통과 더불어 귀 안팎이 누가 잡아당기기라도 하는 듯 일정한 간격으로 욱신거리는 것이다. 술 탓인가 싶어 술을 좀 줄여도 봤지만 별 소용이 없었다.

　어제 낮에 멀리 사는 친구와 한참 통화를 했는데 그의 말을 다 알아듣지 못했다. 그의 컨디션과 무관하게 나의 귀 상태에 자신이 없었다. 저녁엔 군 복무 중인 제자가 찾아와 술집엘 갔다. 역시나 주변이 소란해서인지 귀에다 자꾸 손바닥을 갖다 대야 했다.

　언제부턴가 문학 공부는 잘 읽는 일이 아니라 잘 듣는 일에 가깝다고 여기게 되었다. 근 십여 년 이해하기 어려운 시들을 애써 읽다보니 그렇게 된 것 같다. 형식화의 규범 규칙이 느슨한 작품의 목소리들은 어긋나고 맴돌아 두서없는 피상담자의 진술과 닮았다.

　잘 들어야 한다고 생각한다. 그래야 잘 말하게 될 테니까. 어려서 귀를 다쳐 청력이 크게 손상된 술친구가 하나 있다. 그이와 대화할 때면 버릇처럼 좀 더 크고 정확하게, 생각을 한껏 모아서 말하게 된다. 이 긴장된 집중이 대화가 잡담에 떨어지는 걸 이따금 막아주는 것도 같다. 힘내어 듣고 힘내어 말하기.

듣는 주체에게도 장애가 있을 수 있고 말하는 주체에게도 장애가 있을 수 있다. 이것은 소통의 유한성이 아니라 무한성을 암시해준다. 장애라는 한계는 몸은 물론 정신의 보편적 조건이니까. 그러니 듣는 이에게 말하는 이는 미지이자 무한이고 말하는 이에게도 듣는 이는 어떤 미지이자 무한이다. 그런 열렬한 대화가 시 읽기이고 시 쓰기란 생각이 가끔 든다.

그나저나 간밤에 취해 소파에서 잠이 들었다. 제대로 잔 것도 아닌데 어제보다 한결 초롱초롱하고 귀도 덜 아프다. 내 몸도 무슨 미지이고 무한인가. 병원엔 가지 말까.

시가 안 되면

박목월이 회고하기를, 자기는 시가 안 되면 마음을 가라앉히느라 아기를 재우곤 했는데 어느 날 서정주 집에 가보니까, 시가 안 된다고 안방에서 건넌방으로 건넌방에서 안방으로 울면서 떼굴떼굴 굴러다니더라고 했다는 얘기를, 어느 선생님의 글에서 읽은 적이 있다.

내 셋집은 방이 두 개다. 탁자에 앉아 물끄러미 양쪽 방을 번갈아 바라본다. 울기는커녕 구르기도 귀찮다. 구르기는커녕 일어나지도 못하겠다.

유 有에서 무 無를 1

신은 무에서 유를 만들어낸다. 그의 창조는 질료를 필요로 하지 않는다. 우리는 그가 없음으로 만들어낸 있음들이다. 없음은 빅뱅의 그 한 점과 같다. 우리는 빅뱅이 낳은 우주 만물 가운데 어떤 유정한 있음에 불과하다. 작은 있음은 큰 없음을 알 수 없다. 빅뱅 오 분 전을 모르지 않는가. 한낱 있음인 우리가 모든 것인 없음을 흉내 낼 순 없다. 우리는 없음을 상상할 수 있을 뿐이다. 그리고 다 알다시피 상상은 현실이 아니다.

창작은 무에서 유를 만들어내는 일이 아니다. 그렇다면 유에서 무를 만드는 일인가. 그 비슷하다. 유를 근거로 무를 상상하는 일. 무의 근원에 대한 희미한 느낌을 만들어내는 일.

말, 글, 생각

　말 좋은 사람과 글 좋은 사람과 생각 좋은 사람이 있을 것 같다. 내가 우선 좋아하는 사람은 말 좋은 사람이다. 말 잘 하는 것도 쉽지 않은 재주여서이다.

　찰스 디킨즈의 장편 『어려운 시절』엔 직업 선동가 슬랙브릿지라는 인물과 어눌한 양심가 스티븐 블랙풀이란 인물이 나온다. 말 잘 하는 전자는 속물로 잠깐 등장했다간 사라지고, 더듬거리기 일쑤인 후자는 양심과 진실을 지키려 애쓰다가, 아프게 죽는다. 말이 좋다는 건 그 눌변의 힘차고 슬픈 호소력을 뜻하는 때가 있는 것 같다.

　글쟁이는 문법과 수사학의 압력을 벗어나기 어렵다. 하지만 감옥에도 출소는 있고 심지어 탈옥도 있다. 2, 4, 6, 8……같은 똑똑한 말들의 배열에는 생략된 어둠의 기호들이 숨어 있다. 이 숨은 말들을 적을 만큼 단련되지 않은 수사들을 두고 글이 좋다고 할 순 없겠지.

　나쁜 수사는 사랑이 없으면서도 사랑을 꾸며 말하는 것 비슷하다. 이 경우에 힘찬 수사는 사랑을 참는 일과 관련된 무수한 고독의 표현들일 것도 같다. 그 표현은 드물게 언어를 얻기도 하겠지만 대개는 침묵에 깃들 것이다. 사랑을 가졌으면서도 어어어, 말로 꾸밀 줄 모르는 상태.

양은그릇처럼 해 아래 두면 쨍쨍 빛나는 사물은 눈에 고통을 주고 마음을 어둡게 한다. 뒤란 그늘의 간장 단지는 열어보면, 찰랑이는 표면에 여러 겹의 빛을 두르고 은은히 반짝인다. 이 빛이 어떻게 이 그늘에 왔을까.

고독은 들끓으면서도 조용하다. 생각이 좋은 것이란 이런 상태와 관련된 것일지도 모르겠다.

무상 열차

통영, 남해, 여수, 거문도를 엿새 동안 다녀왔다. 여수~거문도 구간은 여수시의 지원을 받은 작가 여행 프로그램이었다. 세금을 쓴 것이지만 외형상 무상 여행이다 보니, 어려서 잠깐 해보던 무전여행 기분도 살짝 났다.

무임 승선 하고 무전취식 하고 무전 숙박 했다. 한 마디로, 무위도식 했다. 말이 안 되겠지만 무전과 무위에 젖다보니 이것이 진짜 삶의 상태 아닌가 하는 생각이 자꾸 들었다. 빈털터리가 되려는 꿈은 물론 비현실이다. 하지만 비현실이 없으면 현실은 맹목의 전쟁터가 된다.

성인들은 늘 단 한 번의 죽음을 대비하려면 삶 속에서 자꾸 죽어봐야 한다고 가르친다. 죽어보는 것은 내려놓는 것이다. 마지막 열차는 무상 열차다. 돈을 내고는 탈 수가 없다. 빈털터리만 데려가는 이상한 여행은 공포스럽지만, 공포를 무념의 행복으로 바꾸려면 이 생 너머의 궁극적 비합리를 젖 빨듯 빨아야 한다.

이유는 쉽다. 너, 왜 공부 안 했니? 졸려서요. 집이 가난해서요. 아파서요. 하지만 원인은 어렵다. 이 졸음, 이 가난, 이 병은 어디에서 오는가. 그걸 알려면 비합리의 흐릿한 길에 무대책으로 발길을 맡기는 수밖에. 시는 그 낯선 길에서 출몰하는 이상한 목소리들 비슷하다. 그걸 듣는 순간에 여행은 여행할 수 없음이고 구경은 구경할 수 없음이다.

화광동진 和光同塵

고비사막은 중생대엔 공룡들의 천국이었다고 한다. 그 중 대표적인 것은 미만치사우르스라 불리는 용각류 초식 공룡이다. 지진룡이라는 별명을 가진 디플로도쿠스나 영화 〈쥐라기공원〉에 나오는 브라키오사우르스와 아주 닮았다.

지각의 단층 작용으로 무너져 내린 암벽에 나타난 이 녀석들의 화석에서 중국인들은 발 달린 거대한 뱀을 보았고, 그것에서 용이라는 동물을 상상해냈다. 용은 공룡이었던 것. 그런데 용각류 공룡들에 대한 해부학적 지식에 기초해 고안해낸 다리가 현수교라고 한다.

이들은 다 자라면 몸길이가 약 25미터, 몸무게는 근 30톤에 달한다. 그리고 목과 꼬리가 아주 길고 또 무겁다. 이걸 지탱하려다 보니 어깨뼈와 엉덩이뼈를 두 지렛점으로 하여 강력한 힘줄이 발달했다고 한다. 현수교는 두 개의 큰 탑에 연결된 케이블과 앵커리지로 상판을 지탱하는 다리다. 척 봐도 고개가 끄덕여진다.

올림픽대교를 건너다 떠오른 생각들이다. 이 다리는 물론 현수교가 아니라 사장교지만, 탑과 케이블을 활용해 만든 다리라는 점에서 현수교와 많이 닮았다. 저 불꽃 조형물을 설치하느라 헬기가 떨어지고 조종사가 죽었었지. 김수영은 〈봄밤〉에서 이렇게 읊었다.

애타도록 마음에 서둘지 말라

강물 위에 떨어진 불빛처럼

혁혁한 업적을 바라지 말라

　밤에 한강을 건너노라면 가로등 불빛들은 장검처럼 물에 꽂혀 혁혁히 빛난다. 일천 만 거주민의 한숨과 아우성과 오줌똥과 피고름을 다 받아먹고 신음 한 점 없이, 한강은 거대한 용처럼 수도 서울을 빠져나간다. 시인은 이 고요한 참음에서 공명은 일신의 얼룩이고 업적은 허망의 탑임을 보았을 텐데.

　강물 위를 건너가는 용각류 공룡의 등가죽 위를 뚱뚱한 나는 택시에 얹혀 간다. 삶을 함부로 낭비하는 건 못난 일일 것이다. 그러나 삶을 함부로 아끼는 건 더 못난 일 아닐까. 시를 읽거나 쓸 때 나는 내 무의식의 욕망들을 점검하곤 한다. 나는 읽히길 바라는 것이지 팔리길 바라는 게 아니다, 라고 애써 믿어본다는 것. 그나저나 여기는 이제 내 동네가 아니다. 다시 만날 때까지 강물이여, 안녕.

니, 애 마이 썼다

어머닌 1940년대에 초등학교를 겨우 마쳤다. 오늘 서울 흑석동 모처에서 한 잔 하는데, 갑자기 폰이 울었다. "니 어디로?" "서울인데요." 한참 뜸을 들이더니, "니, 애 마이 썼다." 하셨다.

늦은 밤에 전화 안 하는 분인데 얼떨떨해서 "어, 무슨 말씀이신지요, 마미?" 했더니, "내가 오늘 종일 밖에 안 나가고 니 시집 다 읽었다. 〈수학여행 다녀올게요〉 두 번 읽다가, 내가 좀 울었다. 니, 힘들었제?" 이게 대체 뭔 소린가 싶어서, "아니, 엄마. 그걸 정말 다 읽었어요?" "그럼. 읽었지." "그게 뭘 다룬 신데요?" "니, 내가 바본 줄 아나? '세월호' 얘기 아이라. 내 마이 울었다."

아니, 내 어머니가 내 시를 읽으시다니. 이, 절반 문맹 시골 할매가 시를 읽고, 야밤에 안 하던 전화를 하시다니. "엄마, 고생 마이 했네, 놀랐어요." 했더니, "고생은 무슨, 이거 쓰느라 니가 고생 많았다. 내 마이 울었다." 말씀을 그치셨다……

어머니의 업그레이드에 놀라 심장을 콩닥거리고 있다. 나도 업그레이드해서, 얼른 마감하고 싶다,

2

시

창작

교실

헛소리

공모 철이라 시를 가지고 오는 학생들이 더러 있다. 선생보다 더 잘 쓰면 된다고 말한다.

묘사에 공을 들인 시들보다 자유로이 상상을 일삼는 시들이 더 많다. 추세인 듯하다. 내 생각에 상상이야말로 묘사다. 묘사가 보이는 것에 대한 상상이라면, 상상은 안 보이는 것에 대한 묘사다.

쓰고 싶어 하는 마음, 그런데 잘 안 되는 마음이 결국 시를 쓰게 하는 거겠지. 등단에 대한 열정이 아니라 시에 대한 열정이 등단을 결정한다. 술이 필요하나? 묻기도 하지만,

다만, 헛소리는 말하지 않는다. 헛소리는 나의 소리다. 수십 년을 소리 질러 겨우 헛소리 하나를 시늉하게 된 내가, 그걸 쉽게 알려줄 수는 없다. 사실은 어떻게 알려줘야 할지 잘 모르겠다.

말을 아끼는 마음

말을 아끼라고 하면 어떤 학생들은 말을 아까워한다. 아끼는 건 아까워하는 것과 다르다. 아까워서 안 버리면 문면이 어설픈 말들로 덮인다. 머릿속에서는 얼마든지 아까워하고 입이나 손에는 소량의 말만 묻혀야 할 것 같다.

사는 것도 그럴 것이다. 저 알아주길 바라는 건 인지상정인데 그걸 안 해준다고 참지 못하고 말이 아까워서 떠들고 다니면 싸구려가 된다. 누구나 서로를 '어느 정도'는 알아준다. 하지만 '어느 정도' 마음 가지고 쉽사리 '알아주는' 것도 실례다. 아껴야 하는 것이다.

인정 욕망이 없는 것도 이상하지만 어떤 순간 어떤 지점에서는 그 마음도 정말 지워지는 것 같다. 자기 글쓰기의 절정에서 누가 그런 걸 신경 쓰겠는가. 보석의 시장가격을 모르고 처음 보는 외지인에게 그걸 태연히 내놓는, 천진한 원주민 같은 사람이 되는 순간이 글쓰기엔 있다.

가장 귀중한 걸 아까워할 줄도 모르고 누군가에게 선사하는 마음. 그런 귀한 순간. 이걸 아끼는 마음이라 생각한다. 꿈에 떡 얻어먹기보다 더 드물게 찾아오는 이 순간보다 더 큰 '알아줌'은 없다.

우울과 명랑

시만 좋으면 괜찮나 하는 공격적인 물음을 잠시 생각한다. 그럴 리가 있나. 시만 좋아선 안 되지. 하지만 시만 좋기도 참 어렵다는 것. 골방의 글쟁이에게는 사실상 이게 고민의 거의 전부라는 것. 그래서 세상사에 어두운 자의 글쓰기는 칼날 위의 보행 같다.

합평 수업 하다 보니 어두운 시들을 자주 접하게 된다. 사는 괴로움보다는 시가 안 돼서 우울해 하는 문장들을 만날 때 더 마음이 무거워지곤 한다. 그게 어느덧 그 학생들의 생활이 돼버린 것 같아서.

시가 온통 상처와 신음으로 덮여 있어도 좋다는 말을 들려준다. 하지만 앞 못 보는 마음의 어둠을 멀리서 감싸주는 영혼의 광원을 느끼지 못하면 마음 전부가 다쳐서 허물어질 수 있다고도 하고, 우울은 필요하지만 명랑은 필수라고 조언도 한다.

우울은 시 쓰기를 가능하게 하는 힘이지만 명랑은 그걸 끝까지 해내게 하는 힘 아닐까.

시와 글

학생들 시를 많이 읽지만 더러 소설이나 희곡을 읽어야 할 때도 있다. 장르 불문하고, '글'을 잘 쓰려 하는 마음가짐이 필요하다고 말한다. 시, 소설, 희곡이 뉘 집 자식들이라면 '글'은 그 집 부모 비슷하다.

밖에 나가 신나게 뛰어노는 아이들과 달리 부모는 아이들을 근심하고 마음으로 늘 돌본다. 아이는 자란다. 자랄수록 부모처럼, 뭔가를 쓸 때 제가 쓴 걸 더 깊은 주의와 너른 염려로 검토하고, 수정하고 보살피는 일이 (객관적으로) 절실해진다.

아직 작은 곳을 천착하는 학생들을 간섭할 이유는 물론 없다. 이따금 술이나 사고 즐거움이나 힘겨움을 들어주고 만다. 작은 거울에 비친 제 모습을 달리 보게끔 큰 거울을 소개하기는 한다. 나는 눈앞이 캄캄해지면 늘 나를 가르쳐준 선생님들 책을 읽는다.

읽어서 더 막막해지든 기운이 나든 그 다음은 언제나 자기 몫이다. 잘 쓴 글은 어떤 것인가? 분투한 글이다. 좋은 글은 어떤 것인가? 분투한 줄 모르는 글이다.

두 개의 꽃

공모철이라 학생들 시를 읽고 있다. 두 학생의 작품이 마음에 남았다. 하나는 마당 가운데 정원에 핀 꽃 같고, 다른 하나는 마당귀에 숨어 핀 꽃 같다. 둘 다 '대학 문학상' 쯤은 받을 만하다.

마당에 핀 꽃은 다른 꽃들과 아름다움을 겨루려고 나선 차림새다. 마당귀에 핀 꽃은 그럴 줄 잘 모르고 우물쭈물 소매로 낯을 가리고 있다. 마당에 나서려면 차려 입어야 하고, 마당가에 피려면 차려 입는 데 서툴러야 하는 모양이다. 둘 다 제자리에 똑똑히 서 있지는 않다.

마당에 나선 꽃은, 급히 차려 입느라 살짝 빠뜨린 소박함을 다시 가지러 갔으면 좋겠다. 마당귀에 핀 꽃은 화장이 조금 덜 되었더라도 얼른 떨쳐 입고 마당에 나섰으면 좋겠다.

같은 마음

시인이 되고 싶어서 문창과에 들어오는 학생들이 많지는 않지만 더러 있다. 공부를 하고 싶은데도 형편이 안 돼 몸을 부려 일해야 하는 처지의 젊은이들이 있는 것과 비슷하다. 나는 사실은 제가 되고 싶어하는 것이 무엇인지 잘 모르는 이 학생들을 환대한다. 잘 모르는 학생들이 열심히 한다.

모르는 사람은 찾고 있는 사람이니까. 모르는 사람의 눈은 얼마나 빛나는가. 알고 싶어 하는 사람의 얼굴은 얼마나 젊고 아름다운가. 하지만 이들에게 내가 보여줄 수 있는 건 어떤 더 막막한 모름일 뿐이다. 정말 모르는 사람이 겪는 정말 모르는 상태에 가까운, 어떤 무장해제 같은 것. 앎은 늘 모름을 향해 열려 있다.

시를 써보고 싶어요, 하고 어린 친구가 들떠서 말할 때, 나는 우선 감동 받는다. 그는 그것이 정말로 쓰고 싶은 상태인지를 모르는 것 같다. 그는, 모르면서 내 앞에 있다. 그런데 이미 알고 있다. 그는 제가 안다는 것만을 모르는 상태다. 이런 학생이 날 기쁘게 하고 또 아프게 한다.

그는 그렇게 입원 환자가 된다고 할 수 있다. 나을 수 있을까. 나을 수 없을 것이다. 그는 자신과 상담 중인 의사가 사실은 환자임을 알게 될 것이다. 그래서 언젠가는 기꺼이 환자인 의사가,

또는 의사인 환자가 되려 하겠지. 그것은 나은 상태인가? 그럴 리가. 그는 오래 아프면서 낫고 나으면서 아플 것이다.

시를 쓰고 싶다는 말을 어떻게든 선생한테 하고 마는 친구들이 있다. 나는 그 말을 잊지 않는다. 시인이 되고 싶어요, 라는 말 또한 기억한다. 하고 싶은 것을 하고 싶다고 들떠서 말하는 '학생'들도 좋고, 뭘 하고 싶어 하는지도 모르면서 무언가가 되고 싶어 하는 '학생'들도 좋다.

염불보다 잿밥에 더 관심이 많다는 말에는 삿된 욕심에 대한 경계가 들어 있다. 칭찬은 고래도 춤추게 한다는 유행어는 이와 반대로, 잿밥으로 염불을 격려하자는 권유를 담고 있다. 하고 싶어 하는 마음과 되고 싶어 하는 마음은 같은 마음이다.

부르는 사람

시는 늘 시인보다 더 크다. 영감과 상상력은 의식의 통제를 벗어나거나 넘나든다. 뿌리를 의심 너머에 두고 있어서다. 그래서 시인은 영감을 어딘가에 소유하고는 있어도 금고에 든 돈을 꺼내듯 필요할 때 마음대로 꺼내 쓸 수가 없다. 시인이 영감을 쟁기에 매는 게 아니라 영감이 시인을 쟁기에 매어 마음 밭을 갈게 한다. 그래서 정열적으로 시에 다가가려는 시인의 부름은 대답 없는 메아리에 그칠 때가 많다. 그는 늘 수동적 정열 또는 정열적인 수동의 상태로 속을 태운다.

더 크고 힘센 것과 싸우는 작은 사람이 시인이다. 그래서 그는 힘을 다하고도 자주 좌절한다. 강호동과 씨름으로 겨루는 유재석이나, 타이슨과 주먹으로 싸우는 이영광의 힘겨움 같은 것이 시 쓰기에 있는 것이다. 그 내용은 한 마디로, 상대를 내 뜻대로 할 수 없다는 것이다. 연시의 대부분은 빈집에 버려진 사랑의 약자가 눈물로 적는 하소연이다. 그의 연인은 자유로운 방랑자로 세계를 주유한다. 저 오고 싶을 때만 오는 것이다. 영감은 사랑의 강자와 비슷하다.

시인은 집 나가 떠도는 사랑의 탕아를 부르듯 불가능한 확신에 차서 영감을 부른다. 그런 어느 순간 그것은, 온 힘을 다해 떠올린 말들을 불현듯 무너뜨리면서 온다. 그것은 미지의 얼굴일 터이다. 시 쓰기는 예컨대 북미 정상 회담이 어렵사리 진행되는 한반도의 상황과 많이 닮았다. 간교하되 기운 센 자와의 씨름에서 남과 북은 불굴의 야곱처럼 이겨낼 수 있을까. 다른 미래는 현실에서나 시에서나 힘을 다한 겨룸 끝에 아침처럼, 정강이의 상처와 함께 올 것이다. 그것은 계획이나 제작이기 전에, 혼신의 힘을 다하는 산모들이 그러하듯, 무언가를 '낳는' 일에 가까울 것 같다.

어른의 옹알이

몸이 덜 풀려서인가, 학기 초엔 수업에서 말을 좀 세게 하게 된다.

시가 어렵다고 투덜거리거나 겁먹지 않아도 된다. 시는 원래 어렵다. 의문을 생산한다. 쉬워 보이는 시조차 그렇다. 다 자란 어른의 말은 흔히 옳지만 쉽고, 식자들의 심오한 말도 체계와 논리를 따라가면 어지간히 요량은 된다. 정작 어려운 건 예컨대, 어린아이들의 말이다. 아이들의 속내를 몰라 난감해 하는 숱한 엄마들을 보라.

제일 어려운 말은 젖먹이의 옹알이다. 바둥거리고 찡그리고 울다가는 방긋방긋 웃는, 그 조그만 사람의 기분과 감정은 도대체 짐작이 가질 않는 것이다. 어쩌면 젖먹이의 의사 표현을 헤아리기보다는 그의 무력한 신체나 언어 없는 의식의 한없는 답답함을 느껴야 하는 건지도 모른다. 젖먹이의 어려운 말은 기실 가장 어렵게 발해지는 말이다.

그런데 시란 어른의 옹알이 아닌가. 다 컸는데 어딘가 덜 자란 사람의 말은 이상할 수밖에 없고, 이상한 말은 우선 어렵게 느껴진다. 덜 자란 그 부위에서 나온 어려운 말은 어이없는 비현실처럼 보이기도 하지만 그에게는 어떻게 해도 내려놓을 수 없었던 꿈이기도 하다.

거친 세상의 작고 외로운 어른은 다 어린아이다. 현실에 지친 사람이 시에서 얻는 위안이 있다면 그것은 '현실의 해법'을 봐서가 아니라 '꿈의 귀중함'을 느껴서일 것이다.

마칠 무렵엔, 좀 약하게 말하게 된다.

몸서리나는 눌변

일본 바둑을 제패했던 프로 기사 조치훈은 여섯 살에 도일해 줄곧 그곳에서 살았기에 한국말이 서투르다. 바둑 평론가 박치문 선생의 책에서 읽은 그의 눌변은 적이 감동스러운 데가 있었다. 그는 예전부터 한국에 들어오면 일본말을 쓰지 않고 한사코 서투른 한국말로 인터뷰를 했다. "조, 조, 조치훈입니다. 조, 조국에 계신 국민 여러부, 분. 서, 성원해 주셔서 가, 감사합니다……." 이런 식이었다.

달변이 일으키는 감동을 물론 무시할 순 없다. 백기완 선생이나 김대중, 노무현 전대통령들은 다 달변의 연설가들이다. 대단들 했다. 물론, 신념과 비전과 자기 반성능력이 있었으니까 감동적이었을 것이다.

김수영은 여러 시에서 요설을 늘어놓지만, 서투르게 더듬거릴 때도 많다. 그의 시의 핵심 부위에는 여지없이 눌변이 빛난다. 책도 부지런히 읽고 머리도 좋았던 그가 눌변이었을 리는 없겠지만 시는 그런 모습을 보인다. 시의 세계에서 달변이 눌변을 이기는 것은 겉모습에 불과하다. 달변은 종국에는, 어떤 몸서리나는 눌변에 복무한다.

잘 모르면 말을 잘 못할 수밖에 없다. 변명과 거짓 속으로 도망치지 않는 이상 누가 머리에 총을 겨눠도 모르는 것에 대해선 달변의 혀를 놀릴 수가 없는 것이다. 이번 학기 나의 테마는 이 '눌변의 시학'으로 정하기로 한다. 달변들을 내려들 놓고 눌변으로, '무변=침묵'으로. 그래서 시의 어떤 능변을 불러오자고.

듣는 일

높은 곳에 다가가면 말이 줄어든다. 호흡이 가빠지니까. 글쟁이는 앉아서도 숨 가쁜 인간이다. 그래서 나는 초현실주의적 횡설수설을 글쟁이의 감각으로서 딱히 애호하지 않는 편이다. 긴 시에보다는 짧은 시에 더 끌린다.

살아오면서 말을 많이 해야 하는 상황보다 말을 적게 해도 되는 상황이 더 나았다. 변명은 대개 길고 반성문은 대개 짧다. 횡설수설은 진실을 말하지 못하는 사람의 자기표현이지만 여기에서 무슨 예술적 '형식'을 찾기는 쉽지 않다. 말을 많이 해도 되고 적게 해도 되는 것이 아니라, 말을 많이 할 수밖에 없거나 말을 적게 할 수밖에 없는 인간의 상태가 물론 중요하겠지만, 나로선 하여간 말은 덜 하고 싶다는 것.

시 쓰는 정신의 열중은 그저 집중이 아니고, '집중+이완'에 가깝다. 이걸 '몰입'이라 부른다. 몰입은 모든 걸 주려고 애쓰면서 동시에 모든 걸 얻으려고 애쓰는 눈먼 에로스의 몸짓에 가깝다. 그의 정신이 들끓는 도취 속에서 무의식의 인력에 가차 없이 끌려들어갈 때는 단련된 언어의 소유자도 더듬거릴 수밖에 없다. 그는 그가 아는 게 거의 없는 세계를 표류 중이니까.

언어 행위가 문화적·규범적인 것이므로 그것이 깨질 때 말은 심신의 쇠약 가운데 줄어드는 양상을 띤다. 시 쓰기에서는 우선,

이 언어 능력, 즉 문법 능력이 몰입 상태에서 해체되는 걸 경험해 보는 것이 중요할 듯하다. 해체의 자유는 아주 제한적이다. 기표는 마냥 미끄러지고 떠다니다가 예기치 않은 순간에 의미의 느낌을 풍기고는 사라진다.

시에 왜 행, 연의 구분이 있고 공백의 모습을 한 행간이 있는지 이해하지 못하는 이는 시다운 시를 쓸 수 없다는 얘기를 서른 넘어서 들었다. 시행은 문장으로 말하고 행간은 침묵으로 말한다는 얘기였다. 시행은 침묵으로 말하고 행간은 문장으로 말한다고 해도 되지 않을까. 그러면 시를 읽는 건 듣는 일이 될 것이다. 그러면 쓰는 일도 듣는 일이겠지. 더듬더듬 말한다는 건 더듬더듬 듣는 일일 것 같다.

전력투구

시의 문장은 그저 문법적으로 정확한 문장도 아니고, 번쩍이는 수사로 치장한 미문도 아니고, 고의로 과하게 비튼 비문도 아니라고 수업에서 말했다. 시의 문장은 어떤 최대한의 문장이라고 덧붙였다.

야구에 빗대어 말해보자면 이렇다. '팔색조' 류현진은 구종이 다양하다. 두 개의 직구와 커브, 체인지업과 커터에 슬라이더까지. 이걸 정규 시즌에 던질 땐 조금 힘을 아낀다지만 빅 리그의 내일 없는 포스트 시즌에선 그럴 수 없다고 한다.

류현진은 작년 월드시리즈 1차전에서도 저 구종들을 다 던졌다. 하지만 그때 그에게는 정작 구종이 하나밖에 없었다. 그 구종의 이름은 그냥, '전력투구'다. 그는 하나만 던졌다. 최대한의 문장도 그 비슷하지 않겠느냐고, 또 덧붙였다.

그런데 다시 생각해보니, 전력투구는 온갖 힘과 기술과 감각을 다 동원한 투구 같다. 하나만 남기는 게 아니라 모든 걸 다 몰아넣는 투구. 좋은 문장에는 문법적 정확을 넘어선 시적 정확이 있고, 어렵사리 고른 깡마른 수사들이 묻어 있고, 탈구된 관절을 제 손으로 끼워 맞춘 듯한 통증의 자국이 들어 있다.

규칙

　시든 소설이든 글쓰기를 생각의 자유로운 개진이라 여기는 초
심자들이 있다. 맞는 얘기지만 창작이 본 궤도에 오르려면 이 자
유에 적절한 제약이 가해져야 한다. 규칙이 필요하다. 창작에 내
재하는 원리와 방법을 조금씩 새겨 나가야 한다는 것.

　규칙들을 어렵지만 즐거운 제약으로 느끼라고 권한다. 규범,
규칙과 씨름하다가 어느 때 그걸 소화해서 활용할 수 있게 되면
물론 즐거움이 절로 생겨나기도 하는데 이 과정을 못 견뎌하는
학생들이 꽤 있다. 규칙 속의 자유는 확실히 쉽지 않은 것 같다.

　그러나 그게 진짜 자유일 것이다. 독방에서 마음으로 활보하
는 죄수는 더 이상 죄수가 아니다. 농구 황제 마이클 조던의 플
레이나 피겨 여왕 김연아의 연기가 대단하다면 그건 규칙을 위배
해서가 아니라, 규칙과의 투쟁 속에서 규칙을 벗어난 것처럼 보
일 만큼 최상의 자유를 얻어냈기 때문이다.

　무규칙의 술자리나 노래방 가무는 자유지만 난장판이기도 하
다. 그게 그리 아름답지만은 않을 것이다. 글쓰기에서 자유라는
에너지는 연습과 훈련에 바쳐지는 게 바람직할 것 같다. 규칙은
연기를 만들고 시합 자체를 만든다.

고집 센 노예처럼

톰 존스의 〈딜라일라(Delilah)〉의 딜라일라는 삼손을 죽음에 이르게 한 블레셋 여인 데릴라와 같은 이름의 여성이다. '배신녀'라는 뜻으로 붙였겠지. 노랫말 속의 "나"는 자기를 외면하고 딴 남자와 밀회하는 그녀의 방 창문을 밤새 지켜보다가, 그 남자가 떠난 뒤 찾아가서는, 웃고 있는 딜라일라를 칼로 살해한다.

이 형편없는 인간의 뒤늦은 후회로 노래는 끝나는데 노랫말 중에 인상적인 부분이 있다. 배신감과 질투에 정신이 나간 상태에 대한 묘사의 한 대목. "But I was lost like a slave that no man could free." '그러나 아무도 해방시켜줄 수 없는 노예처럼 이성을 잃었다' 정도의 뜻이다.

실기를 치르지 않고 입학하는 고려대 문창과의 학생들은 대개 대학에서 처음 창작이란 걸 시작한다. 3~4년 동안 애써서 좀 그럴듯하게 쓸 만할 때쯤이면 졸업을 앞두게 된다. 그래서 졸업 이후 사회 생활과 창작을 병행할 방도에 대한 고민이 남다르다. 나로서는 조금 덜 자란 '아이'들을 분양해야 하는 견주처럼 불안감에 젖게 된다.

그럴 때 저 문장을 이따금 예로 든다. 정신을 잃는 게 중요하다고. 시를 사랑과 분노의 대상인 딜라일라처럼 생각하라고. 칼 따위는 버리고 오로지 펜으로, 아무도 해방시켜줄 수 없는 어리석고 고집 센 노예가 되어, 시의 포승에 묶인 채로 자유로워지라고.

　이건 물론 현실을 모르는, 그래서 어쩌면 닿기 어려운 상태다. 하지만 현실을 몰라도 곤란하지만 선생은 늘 이상을 말해야 한다. 가장 좋은 것, 가장 어렵지만 가장 찬란한 것을 말해야 하는 것이다.

자기 self 라는 것

융 심리학은 의식의 중심인 자아(ego)와 의식과 무의식을 포괄한 전체정신의 중심인 '자기(self)'를 구분한다고, 오래 전에 읽은 기억이 난다. 자기라는 것을 향해 가면 갈수록 나타나는 무의식의 이미지들은 신비적이고, 종교적인 색채를 띤다고 하던 것도.

임상 분석의 과정에서 접한 '고태적 잔재'에 이끌린 융의 소설(所說)은 프로이트에 의한 파문 선언을 낳았다고도 하지만, 나는 인간 정신의 신비에 대한 이 심플한 분석에 끌렸던 적이 있다. 마음 심층의 혼돈에 대한 요약으로서는 온갖 종교들의 구름 잡는 얘기보다 이것이 더 그럴듯하다고 느꼈기 때문이었다.

저녁에 어떤 학생을 만나서 글쓰기를 수영과 잠수에 빗대어 말하고 난 직후다. 물위를 헤엄치는 것과 물 밑으로 잠수하는 일의 비교. 수영은 몸의 반을 물 위에 반은 물 아래 두고, 그러나 물을 저어가는 것. 잠수는 통째로 물속으로 들어가는 것. 물속의 10미터는 물 위의 100미터 아닐까, 말했다. 수영은 애호가의 길, 잠수는 전문가의 길이라고까지는 말하지 않았다.

수영은 운동이지만 잠수는 운동이 아닌 듯하다. 잠수는 운동 단련이 아니라 생명 실험이다. 생명 실험은 죽음 실험이고. 오대양의 표면을 다 보는 인간이 만 미터 바닷속을 모른다는 것. 그러니 수영하듯 회사에 나가고 돌아와 책상 앞에서 시간과 에너지를 쪼개 잠수하듯 읽고 쓰는 수밖에 없지 않겠느냐고, 졸업 이후를 걱정하는 그 학생에게 횡설수설했다.

　수영의 절정이 올림픽 금메달일 수도 있고 잠수의 결과가 소라나 전복일 수도 있지. 하지만 이 둘을 합쳐서 숨 쉬어야 그 '자기'라는 것의 냄새를 맛보지 않겠느냐, 좀 자신없게 말했다.

힐링healing의 시

세상의 여러 고급한 취향엔 별 관심이 없고 시에 대해서라면, 격렬한 것에 끌리는 편이다. 고결함이란 것도 진흙탕과 다 이어져 있다. 대단한 것은 늘 대단치 않은 것들 속에서 피어난다.

나는 시 수업에서 하상욱, 이환천, 원태연, 나태주, 류시화, 정호승의 시들을 차례로 소개하고 장단점을 짚어주기도 한다. 재미와 힐링이란 게 뭔지 나부터 생각해볼 기회이기도 하다. 학생들이 추천한 시의 목록 중에 이 분들의 것도 있다.

어딘가 지친 듯한 학생들을 보면 힐링이란 걸 생각하지 않을 수 없다. 그래서 힐링을 내세우는 시들을 그저 무시할 수 없다. 우리는 크게 다치면 병원을 찾지만 작게 아플 땐 약국엘 가기도 한다.

학교에서 마음을 다친 아이는 가족의 품에서 위로를 받기도 하고, 직장과 사회에서 상처를 입은 어른은 한 잔 술과 친구의 말로 고통을 무마하기도 한다. 세상엔 크고 작은 위안의 손길, 우군과 멘토(mento)들이 있다.

하지만 아이든 어른이든 혼자 떨어져 누운 시간엔 자기만의 상처와 만나게 된다. 말하지 못한 아픔들도 있을 것이다. 힐링의 언어가 끝장내지 못하는 그들만의 시간은 그들 스스로 맞이해 앓아내야 한다. 인간은 다 뛰어나지도 않고 다 잘 하지도 못

한다.

가볍게 짓고 편안히 즐기는 시들과는 무언가 다른 시들이 그
즈음엔 필요하지 않겠느냐고 말한다. 어떤 시들은 거기에 값한
다. 왜냐하면 그 시들이 바로 그를 움켜쥔 고통 자체와 이어져
있기 때문이다. 시는 고통이 되는 걸 피할 줄 모른다. 제가 고통
인 줄도 모른다.

읽는 이를 괴롭히기 위해서가 아니라, 읽는 이가 모면하려 하
고 회피하려 하는 바로 그것의 얼굴로 시는, 눈앞에서 어렵사리
어른거린다. 스스로를 감추거나 버리거나 포기하려 하는 인간의
마음을 시는 힘을 다해 방해하려 한다. 이 방해는 그러나, 영혼
의 해방을 위한 출발의 한 걸음이다.

시는 서둘러 위로하려 하지도 않고, 도무지 위로할 줄도 모르
는 무능한 사람의 목소리로 속삭인다. 이 고통은 너의 것이야.
네가 이걸 힘껏 꺼내 가기만 하면, 그때 그건 그저 네 것이 된다.
또 그때 네 손의 숯불 같은 고통은 어떤 정확한 힐링으로 변할
것이다.

주인과 노예

시를 머리로 또는 가슴이란 걸로 '알려고' 하는 이들이 있다. 요해까지는 아니더라도 이해는 해야지 하고, 어렵게 애쓰는 분들도 있다.

시적 앎은 모름에 가깝다. 이것은 곧 다른 앎이지 않을까. 내 어머니는 내가 하는 시 얘기를 하나도 모른다. 마지막에 졸리면 응, 알았다, 하신다. 그럼 아는 거다.

시를 '알려고' 하는 건 글자의 해독을, 축어적 이해를 원해서인 것 같다. 그건 곤란하다. 예컨대, 상징 범벅인 『요한계시록』을 신천지 교도들처럼 '글자 그대로' 읽을 순 없지 않나.

가라타니 고진은 아이를 돌보는 일을 노예 같은 얽매임이라 말한 적이 있다. 마찬가지다. 뭘 모르는 아이들을 순조롭게 가르친다는 건 고역이다. 어른은 자신을 주인이라 생각하니까.

시에 대해서라면, 반대로 말해야 한다. 시는, 아는 어른이 모르는 아이를 가르치는 방식으로는 잘 전수되지 않는다. 늘 모르는 아이가 똑똑한 어른을 가르치는 방식으로 전달된다.

주인은 노예를 해방시킬 수 없다.

노예가 주인을 해방시킨다.

실기 연습

시 쓰기에서 실기 연습이란 부차적인 것 같다. 나는 실기 수업이란 걸 받아본 적이 없다. 실기란, 그저 계속 쓰는 것 아닐까.

전문적인 트레이닝을 거친 격투가도 불의의 일격을 맞으면 그로기 상태에 빠져 취한 술꾼처럼 흐느적거리고 만다. 위기가 찾아오면 잊어버리는 것, 그게 실기 연습 아닐까.

삶이 늘 복마전에 들어 있고 아수라 지옥 같은 상태라면 방법과 매뉴얼이 무슨 소용일 것인가. 신음과 비명이 고작일 텐데. 거기에 무슨 기술이 있을까.

그런데 그로기 상태에 빠져 정신이 없는데도 훈련한 그대로 주먹을 뻗는 선수들이 있다고 한다. 그래서 어쩌다 믿기 어려운 역전극도 나오고. 몸이 연습을 기억하는 것이다.

내 생각에 그 기억은 시 쓰기에서라면 그저 계속 쓰고 또 쓰는 과정에서 만들어지는 것이다. 방법도 방도도 없는 자의 답답함이 되든 안 되든 길을 낸다. 그러니까 실기와 훈련에서 우선 중요해 보이는 것은 삶과 시 쓰기의 그로기 상태에, 처하고 처하는 일이다.

노역의 길

요즘 학생들 보면, 힘들게 산다. 아르바이트 하고, 술 마시고, 데이트 하고. 학생회 하고, 공부하고, 시 쓰고…….

이렇게 살며 시를, 그 중에도 꽤 오래 써 온 친구들에게 나는 겉으로 너그럽다. 물론, 속은 냉정하다. 쓰다가 말 친구들에게 엄할 시 선생은 없다. 계속 쓸 친구들을 늘 지켜본다.

이 친구들의 '생활'에 대해 할 말은 별로 없다. 듣기는 한다. 주의를 기울여 들으려고는 한다. 하지만 전혀 안 들을 때도 있다. 어쨌든, 그럼에도, 거꾸러져도, 글쟁이는 써 내야 하기 때문에.

내가 무슨 인생 대책을 가지고 산 편이 아니라서 시 쓰기와 관련해 소위 학생 지도라는 건 사실을 말하자면, 가능하리라고 별로 믿지 않는다. 선생과 학생이 그냥 시가 안 돼서, 술에 취해 같이 길바닥에서 울부짖는 게 낫다고 본다.

재능에 대해서도 마찬가지다. 그건 나도 모르니까. 재능이 있거나 없다고 말하지 않고 노력을 강조한다. 학생들이 노력을 넘어 노역의 길을 가길 늘 바란다.

물론, 내놓고 말하지는 못한다. 나도 자신이 없으니까. 그래서 이들의 눈치도 보면서, 같이 쓰고 이따금 같이 마시며 냉정하게, 흐릿하게 늙고 있다.

착란과 오인

..이 '사람'은 원래 머리가 있었다.
그런데 다른 사람들이 하도 차고
때려서 떨어져 나가버렸다...

대만에서 유학 온 여학생 하나가 한국어로 시를 쓴다. 꽤 잘
쓴다. 예전엔 중국어로 쓴 다음에 한국어로 번역해서 보여주었
는데, 이번엔 처음부터 한국어로 쓴 시들을 보여주었다. 계속 쓰
기만 한다면 대만과 한국에서 두 개 언어로 쓰는 시인이 될 것도
같다.

긴 조언 끝에 카페를 나와서는 고무 인형 앞에서 내가 물었다.
"저 '사람' 보면 무섭지 않니?" 그 애가 좀 이상하다는 듯 대답했
다. "왜요……?"

나는 깊은 밤에 취해 비척거리다 이 사람 '형상' 앞에서 얼어붙

었다가, 거의 주저앉을 뻔했던 적이 있다. 그 방심의 순간에 '형상'은 내게 '실재'로 느껴졌다. 예술과 시는 본래 '이미지' 아니었던가.

실재를 환기하는 이미지의 힘을 체험했다고 말할 수 있을 것이다. 그 순간에, 이것은 인형이고 재질은 고무이며 돈 내면 때려도 되는 '물건'이라는 사실은, 아무 소용이 없었다. 나는 이 고무덩어리를 '사람'으로 느끼고 공포에 사로잡혔었다. 이것을 '보편적' 리얼리즘의 감각 또는 인식이라 볼 수도 있을 것 같다.

한국의 리얼리즘 시에 이 어지러운 '순간'이란 게 빠져 있고, 그래서 옳은 말과 축축한 감정이 노상 넘쳐나며, 그래서 이걸 수혈할 필요가 있다고 한 십오 년 전부터 어림짐작해왔다. 시인은 인형 가지고 사람을 보여주는 자이다. 옳음은 옳음 이전의 젖을 빨 필요가 있다.

감각이란 감각의 착란까지이고, 인식은 오인에 대해 좀 더 개방적이어야 할 것 같다. 그 여학생에게 이 얘길 들려줄 걸 그랬나. 언젠가는 오늘의 물음을 돌려받고 싶다. "선생님, 이 '사람' 보면 무섭지 않으세요?" 무서워 죽을 것 같다고 대답할 거다. 하지만 마음이 아프겠지.

착란과 오인의 힘은 사물의 사물성을 뜨겁게 안으려 한다. 시가 꾸는 꿈이란 것도 현실의 아귀다툼, 목불인견과 이어져 있어 의미 있을 것이다. 나이 들 대로 든 시인들의 순수니 순진이란 것도 어찌 보면, 약았거나 모자란 것이다. 무서우면 용감하게, 벌벌 떨어야 한다.

시와 글

농구는 키의 스포츠라고 흔히 말한다. 하지만 농구는 키와 기술과 포지션별 역할 분담, 그리고 그것의 유기적 조직이 관건인 스포츠다. 1번(Pg)이 5번(C)만큼 커야 할 이유는 없다. 요즘은 팀 전체를 3~4번의 신장으로 채우는 포워드 농구가 대세라고들 한다. 작년의 〈고양 오리온스〉나 NBA의 〈골든 스테이트 워리어스〉가 대표적이다.

이게 대세라고는 해도 모든 팀들이 이렇게 멤버를 꾸릴 순 없다. 이 변칙적인 스쿼드가 신장과 기술과 역할 분담이 조화된 전통적 팀 컬러를 오래 제압할 수는 없을 것이다.

예전엔 극단적으로 신장이 큰 5번이 등장하는 이상한 시합들이 있었다. 중국의 무티에 추, 진월방, 한국의 김영희, 그리고 지금의 하승진 같은 선수들이 등장하던. 그들이 있다 해서 팀이 늘 이겼거나 또 이기고 있는 건 아니다. 신장이 됐든 기술이 됐든 그것만으로는 부족하다. 요는 '팀웍'이라는 것.

공모를 앞둔 학생들에게 가끔 이런 말을 한다. '시'를 잘 쓰는 게 아니라 '글'을 잘 쓰는 게 필요하다고. 당선에 집착하면 소재건 수사건 부분을 특화시키게 되고, 그러면 당장 한 판을 이길지는 모르겠지만, 어떤 불균형에 빠질 수도 있다고. 독서 없이 드라마만 보면서 드라마를 쓰는 식으로 해선 안 된다고.

시합 이전에 컨디션 조절이 있다. 싸움 이전에 건강이 있다. 그리고 고된 연습, 훈련이 있다.

시에 대한 열정

등단 과정이든 시 자체에 도달하는 일이든 절정에 다가갈 때의 시 쓰기는 포커 판의 레이스와 닮은 데가 있다. 가진 돈과 패와 베팅 사이의 확률·통계적 계산과 판단이 게임의 방식일 텐데, 포커에서는 이 작업에 결함이 적을수록 승자가 될 가능성이 높다. 포커는 그저 블러핑이 아닌 것이다. 패자가 되는 과정은 똥패가 거듭 뜨고 판단이 빗나가고 돈이 줄어드는 양상을 띤다. 판판이 죽으면서, 꽃 패를 기다리며 기회를 노려보지만, 야금야금 주머니가 비어 가는 속 타는 시간이 이어지다가, 비참한 올인 끝에 그는 '개털'이 되는 것이다.

닮았다고 했지만 사실은 반대이다. 포커의 패자는 괴롭게 버리지 않으려다가 모든 걸 잃어버린다. 하지만 시인은 어찌된 영문인지 그가 가진 것, 시 이외의 것이라고 해야 할 온갖 세속적 욕망과 번민과 계산과 잔머리를 문득 잊어버린다. 이게 아닌데 아닌데 하면서도, 어느 아득한 순간에 벅찬 기쁨과 감동으로, 자발적으로 내려놓고 행복한 개털이 돼버린다. 생활의 포기가 아니라 영혼의 풀려남을 겪는다는 뜻. 그럴 때 그는 저도 모르게 시의 명령을 따르는 자, 시의 은총을 입은 자가 되는 것이다. 결국 시에 대한 열정 유무가 등단이든 명성이든, 아니면 개털이든 쪽박이든 모든 걸 결정하는 것이다.

두 과장

"시의 리듬은 상여 나가는 리듬이에요. 두 발 나가고, 한 발 물러나고..."

_이성복, 『무한화서』 중에서

"한 발 앞으로 나갔다 두 발 뒤로 물러나는/ 그 아름다운 공중의 집이..."

_황지우, 〈태양제의〉, 『어느 날 나는 흐린 주점에 앉아 있을 거다』 중에서

이 두 분이 같은 걸 두고 약간, 하지만 날카롭게 달리 말한 사례가 있어 적어본다. 시골 상여는 느리게 나간다. 사별의 슬픔을 상여라는 육체에 새겨 넣은 결과로 그런 더딘 운구의 보행이 나온다. 어느 쪽이 우리 체험과 감각에 더 가까울까. 잘은 모르겠다.

상두꾼의 요령소리와 노랫가락을 따라서, 돌담길과 실개울과 산비탈을 한없는 청승으로 걸어본 이라면, 저 과장된 느림이 낯설지 않으리라. 두 발 나갔다 한 발 물러나는 율동은 사실에 조금 가깝고, 한 발 나갔다 두 발 물러나는 리듬은 사실의 왜곡에 가깝다. 하지만 둘 모두 과장이되 은은한 울림을 준다. 앞은 시를 설명하는 문장이고, 뒤는 시의 문장이다.

메모

　무엇보다도, 쓰는 데 오랜 시간을 들일 것. 안 되더라도 계속 붙잡고 있을 것. 떡국 기계에서 가래떡이 쉼 없이 쏟아져 나오듯, 머릿속에서 문장들이 태어났다 죽었다 하는 걸 하염없이 방치할 것. 그래서 일상 대화의 대부분이 시처럼 되게 할 것. 적고 보니, 누가 벌써 이렇게 말했을 것 같지만.

가짜 무력

새 과목 강의계획서를 신년 초에 올렸다. 연말에 제출하기로
돼 있었으니 두 해에 걸쳐 만든 것이다. 게으르기도 바쁘기도 했
지만 애초에 시간도 좀 모자랐다. 대충 넘겨본 텍스트들로 일정
을 짜고 보니, 내가 잠깐 선생이 아니라 책장수 같다.

뭘 어렵사리 준비하다 보면 완벽한 준비란 없다는 생각이 든
다. 애초에 준비라는 것 자체가 불가능한 게 아닌가 싶은 것이
다. 생활시간을 나누어 일을 처리할 때도 그렇지만 인생이란 게
늘 그렇다. 먹고 사는 건 쉽지 않고, 살고 먹는 건 어렵지만, 그냥
사는 일 자체는 처음부터 막막한 것이다. 생활은 삶이라는 허공
위를 부산히 왔다 갔다 한다.

강의 계획이나 수업 준비가 그렇다. 나는 '시의 기술'을 얼마간
안다. 그러나 기술을 빼버리면 남는 '시'라는 건 잘 모른다. 잠깐
알 것 같다 해도 그 순간뿐, 지나고 나면 또 실성한 듯 독 안에
든 듯 모르는 것이다. 그러니 몇 날 며칠을 준비해서 수업에 들어
가도 결국은 그냥 전혀 준비가 안 된 상태에 그친다.

시가 오지 않는 무력한 시간에 나는 늘 이 모양이라고 말하고
싶어지지만 어쩌면 이건 핑계고 연기고 노출증인 것만 같다. 미
지에 맞닥뜨린 무지의 기쁨, 모름의 감동적인 순진성에 휩싸인
순간은 주체에게는 형언하기 어려운 사태다. 정신의 충만한 방

전, 삶의 깊은 방심 상태를 초래하질 못해서 징징대는 것은 무력에 도달할 힘이 모자라서다.

밥 먹으러 나오고 술 마시고 들어가는 이 빤한 길 위에서, 가여운 애를 써 봐도 거짓말처럼 길을 잃지 못하는 것이다. 이 무력한 가짜 무력.

시의 오해

학부 2학년 첫 전공과목이 〈시의 이해〉다. 이 필수과목이 내겐 제일 어렵다. '시론'을 쉽게 구성한 공부인데, 쉬운 내용의 쉽지 않음 같은 게 늘 버티고 있다는 느낌이다.

시에는 애초에 쉬운 내용이란 게 없다. 어린 천재가 활개도 치고 늙은 가객이 뒷전에 섰다가 말없이 사라지기도 하는 게 시 무대다. 바람들만 일고 지는 주인 없는 놀이터 같은 거다. 시는 지식의 그물을 갖은 교태로 비틀며 빠져나가는 무희의 몸놀림을 닮았다.

그래서 남는 빈손의 처연함 같은 게 시에 가까울 것 같다. 사실은 딱히 어려울 것도 없다는 것, 이게 어려운 것 같다. 나도 어려서 시론을 수강했지만 배운 게 그다지 머리에 남아 있지도 않다. 머리에 남은 지식들은 대부분 강의실 바깥, 술집에서 선배와 친구들한테 주워들은 것이다.

엄밀히 배우지 못한 자는 체험에 기대게 된다. 가르치면서 새로 알게 된다. 알아봐야 큰 소용이 있는 것 같지는 않은데 모르면 말할 게 없다. 이제 시에 발을 들이는 학생들에게 교과서를 읊고 싶진 않지만, 그래선 안 되겠지. 이게 딜레마다.

〈시의 이해〉를 '시의 오해'로 바꿔야겠다고, 학생들과 같이 낄낄거렸다. 시는 오해다. 오해가 좋다. 충돌과 정지와 혼란이 좋다. 어쩌면 오해의 생산과 오해의 풀림까지가 이해인 듯도 하다.

균형

기말과제가 대부분 습작시라서 오래도록 읽고 있다. 대학 입학 이후에 시를 쓰기 시작한 학생들이 많아서 오히려 성취도의 차이가 분명해 보인다. 잘 쓰는 친구들도 있다. 이들의 작품을 읽다가 이런 생각이 들었다.

장점과 단점은 다 부분적이다. 전부가 다 잘 된 경우는 아주 드물다. 눈, 코, 입, 귀 가운데 하나나 둘쯤이 매력적인 경우들을 어떻게 봐야 할까? 눈이 예쁘면 코가 비뚤고 입술이 고우면 귀가 안 닮은 경우들을.

인간도 이 세계도 근본적인 불균형 위에 놓여 있으므로 애초에 이목구비를 다 반듯하게 만들라고 해서는 안 될 것 같다. 그래서는 오히려 균형이 무너지거나 거짓 균형을 꾸며내게 된다. 그렇다면?

부분적인 개성을 가진 불완전한 작품에 그 자체로 어떤 통일성을 부여해보라고 권해야 할 것 같다. 이목구비가 다 반듯하진 않은데 '얼굴'이 그것들의 균형을 잡아주는 경우가 있다. 세잔의 그 엉성한 정물화들처럼.

어딘가 어긋나 있는데 전체의 중심이 잡혀 있는 얼굴이나 그림, 미흡을 내포한 완성, 이런 게 가능하지 않을까. 이 이상한 균형 속에서는 장점과 단점이 다 제 역할을 할 것 같다. 물론, 통일성을 부여하는 데는 장단점들을 다시 닦아서 끼우는 과정이 필요하겠지만.

언어의 우미한 조직화에 기댄 시의 건축술을 희미하게는 안 다. 거친 정치시를 쓰다가 이십대에 대학원을 들어가 형식미학의 세례를 받아서이다. 그리고 또 어느 땐가부터는 여기에 크게 구애받지도 않게 됐다. '형식의 존중'을 학생들에게 세게 권하지는 않는다. 내가 내려놔서도 아니고 요즘 트렌드가 아니어서도 아니다. 질료를 다루는 자는 언제나 형식의 제약을 받게 마련이니, 누가 강권해서가 아니라 제각기 막힌 곳에서 어려움을 겪는 만큼 겪는 게 좋겠다고 생각해서이다.

언제나 답답한 놈이 우물을 판다. 그리고 우물물은 그 동네의 주민들에게는 늘 시원하고 고마운 것이다.

어쩔 수 없는 말

시가 되었느냐 덜 되었느냐 여부는 'literal'과 'literary'의 차이라 요약할 수 있다. 문자 그대로의 문장, 축어적 문장을 그저 비튼다고 꼭 시적인 문장이 되지는 않는다. 문법은 지켜야 한다. 그런데 문장을 비튼다는 게 그저 'literal'의 혼란에 그치는 경우가 많다.

또 그걸 그냥 시라고 여기는 경우도 있다. 그러나 언어적 혼란 자체는 시가 아니다. 혼란의 시적 수습에 더 많은 정신 에너지가 들어가니까. 말과 문장을 왜 비틀고 깨는가. 이유는 말하기 어렵다. 그러나 말을 비틀고 깨는 게 아니라 시에서는, 말이 속수무책으로 비틀리고 깨진다고 말하는 편이 더 정확할 것 같다.

불가피하게 비틀리고 깨진 시의 문장들에는 작은 개울을 쓸고 지나간 큰물의 자취 같은 게 있다. 달리 말해, 불가항력의 사태를 견딘 상처들이 개울 곳곳에 패여 있다. 어쩔 수 없어서 내놓는 문장들에는 범상치 않은 침묵의 순간이 있다.

이것이 'literary' 또는 'poetical'이라고, 가끔 말한다. 시쟁이도 어쩌다 논문이나 칼럼을 쓴다. 논문이나 칼럼은 어쩔 수 있는 말로 돼 있다. 시는 어쩔 수 없는 말이다. 논문이나 칼럼은 할 말이 있을 때 쓴다. 시는 할 말이 없을 때 나온다. 시는 본래 백치와 환자의 언어인 것이다.

덫과 그물

시가 시인보다 더 크고, 영감은 의식에 대해 자율적이니, 손으로 새를 잡듯이 영감을 잡으려 하면 늘 실패한다. 손대신 덫이 필요한 것 같다. 덫이란? 영감과 접촉하기 용이한 인식, 사고, 감정, 생활의 구조이자 틀이다.

구조에는 형태와 패턴과 기능이 있다. 실제로 토끼가 다니는 길목에 올무를 놓는 것, 마음이 울적하면 한 잔 하는 것, 쓰기가 안 되면 읽거나 음악에 취하는 것. 이게 다 기다림의 구조가 된다. '시=영감'에 바로 다가서는 게 아니라, 애인보다 먼저 그 친구와 가족의 마음을 사려고 공작을 하듯이, 외곽을 은은히 때리면서, 영감과의 메마른 관계를 서서히 에로스로 물들여가는 것.

그물은 물고기를 기억하고 있다. 그러니 구멍 난 그물을 잘 손보자는 것. 물고기는 아득히 잊고 '그물=구조'를 기억하자는 것.

좋은 것

시 쓰기와 글쓰기가 어지간히 궤도에 오른 학생들에게는 좋은 책을 읽으라고 권한다. 허술한 글은 그 허술함을 숙지하고 경계하기 위해 어느 단계에서 필요한 만큼 읽으면 된다고 보기 때문이다. 젊은이들은 앞으로 나가야 하기에 심신이 아득해지고 피로를 감당할 수 없을 만큼 좋은 것에 빠져봐야 한다.

내가 할 일은 좋은 책을 알려주고, 좋은 것의 좋음에 대해 조심스럽고 자신 없게 소개하고 대화하는 것이다. 허술한 것은 곧잘 알아차리고 이해하지만 좋은 것을 잘 알아보거나 왜 좋은지 잘 말할 수 있는 학생은 드물다. 시가 원래 그런 것 같기도 하고. 하지만 좋은 것 자체를 부인하지 못하고 멍청한 침묵을 여러 차례 강요당해 본 친구들은 눈빛부터 달라지는 것 같다.

책을 받기도 하고 보내기도 한다. 받는 만큼 사기도 한다. 누가 내 책을 받아서 열심히 읽기를 크게 바라지도 않고 누가 보낸 책을 부지런히 읽을 의무도 지고 있지 않다고 생각한다. 시집을 받으면 먼저 5~10편을 읽는다. 그 후에 더 읽거나 더 읽지 않거나 한다. 서로 비슷할 것 같다. 보낸 이에게나 받는 이에게나 더 급하고 더 좋은 책들은 세상에 너무도 많다. 이게 문제긴 하다.

휴강

"아프지도 않으면서 전화로 휴강해놓고
우히히 베개를 끌어안고 뒹구는 사람
거짓말을 밥 먹듯이 하는 사람
금방 거짓말이 될 비밀들이
가슴속에 가득한 사람"

_졸시, 〈관심〉 중에서

이십 년도 더 전에 썼던 시의 일부다. 아마 조금은 몸이 안 좋
았겠지. 이십 년 동안 한 마흔 번 휴강했을 거다. 휴강은 몸이 안
좋을 때 하는 게 아니고 몸과 마음이 다 안 좋을 때 하는 것 아
닌가 싶다. 저런 걸 썼던 벌 받는 것 같기도 하고. 못 일어나겠다.
휴강도 못 하는 게 무슨 선생이냐.

응원

뭘 애써서 하는 사람은 제가 하는 일에 늘 자신이 없다. 그는 "내가 옛날에 해 봐서 아는데"라고 말하지 않는다. 어쩌다 솟아난 자신으로 무얼 해내고 난 다음 순간에도, 그걸로는 도대체 엄두를 낼 수 없는 커다란 벽이 또 눈앞에 어른거리는 걸 느끼기 때문이다. 성취한 자를 막아서는 이 벽은 모든 사람의 일 속에, 모든 일의 모든 단계에 찾아온다. 오너라, 여기에 진짜 싸움터가 있다, 하면서. 하지만 그것이 늘 좌절을 낳는 건 아니다. 어렵게 내딛는 한 걸음에 늘 다음 걸음의 가능성이 고인다.

이런 얘기 꺼내기가 주저되는 시절이지만 찬바람 부는 신춘 공모의 계절이다. 시 쓰기를 지도하는 게 일이다 보니 애쓰고 있을 학생들을 마음으로 응원하게 된다. 모두 저마다의 성취의 단계에서 구원처럼 찾아올 어떤 도약을 꿈꾸고 있으리라. 나의 학생들이 제도를, 그것의 빛과 그늘을 동시에 느끼며 통과했으면 좋겠다. 막막한 자, 도저히 안 될 것 같은 기분에 빠진 어떤 자들이, 아니 그런 마음의 상태가 문득 미지의 땅에 한 걸음을 더 내디디곤 한다.

베팅 볼

강의실에는 유망주들이 있다. 나는 물렁한 현역의 태세를 아직까지는 갖고 있으나, 이 '육성군'들의 에너지와 정처 없음의 기세를 부러워하며, 저 입에 뭐 좀 넣어줄 게 없을까 전전긍긍하는, 식당 아재 같을 때가 많다.

이를테면, 선생으로서의 나는 감독이나 코치가 아니라 베팅 볼 투수이고 싶다. 마음껏 때려봐, 하고 아주 알맞게 던져주는. '마음껏' 공을 한 번 쳐보는 것이 무엇보다 중요하다고 생각한다. 선생을 치는 게 아니라 선생의 마음을 통렬히 받아먹는.

1, 2번에게는 1, 2번에게 맞는 공을, 클린업에게는 클린업, 하위 타선에게는 또 그에 맞는 공을 던져야 한다고 생각하던 때도 있었다. 요샌 그런 생각을 안 한다. 1번부터 9번까지 '베팅 볼'을 전력투구 한다. 칠 테면 쳐라, 받아먹으려면 받아먹어봐라. 이런 마음으로.

그래서 이 친구들이 충분히 단련된 상태로 경기장에 나가 마음껏 뛸 수 있길 바란다. 하지만 나도 가끔 베팅 볼 좀 쳐보고 싶을 때가 있다. 선생님들 말씀에 좀 목마를 때가 있다. 그런데 뭐 다 기운이 없으시고, 편찮으시고. 그러니까 얼른 찾아가 뵈어야 하고. 눈앞엔 술잔만 놓여 있고.

시의 하느님

"너 자신을 믿어야 해."

앞날을 걱정하는 습작생 후배에게 그 선배가 간밤에 해준 말이다. 나도 끼어들었다. 자신을 믿는다는 것은 그 믿음을 내려놓는다는 것이다. 믿음의 대상이 없는 상태에서 어떤 믿음의 상태를 유지할 수 있는 태세다, 근거 없는 기대이고 이유 없는 희망이다……라고.

믿음을 내려놓는 데 더 많은 힘이 든다. 그게 더 믿는 거다. 다 내려놨는데 내려놓을 수 없는 뭔가가 남았다면 그게 펜을 쥐게 하는 힘일 것이다. 무력은 센 힘이다. 뜻을 가진 문장들 속에서는 뜻 없는 한두 마디가 시가 되고, 뜻 없는 문장들 속에서는 뜻 있는 한두 마디가 시가 되기도 한다. 하느님이 늘 눈앞에 계신다면 누가 쉽게 믿고 섬기겠는가.

시의 하느님도 그렇다. 그가 날 가지고 있으니 그는 마치 없는 것처럼 보인다. 내가 없고 그가 있다고 말하는 편이 정확한데도 늘 나는 있고 그는 없다고 말한다. 시의 하느님은 시인을 만들지도 먹여 살리지도 않는다. 다만 구멍 많은 시인의 영혼을, 때로 게으르게 때로 부지런히 통과하는 목소리일 뿐이다.

어디로?

심신이 고단하고 시간도 늦어져서 서울서 하루를 묵었다. '꽈배기 모텔'이란 데서 늦게 일어나 혼자 온몸을 꽈 가며, 스마트폰으로 원고 마감을 했다. 편리한 세상이다.

어제 낮엔 어느 지하철역에서 스크린 도어에 적힌 시들을 읽고 있었다. 시인들 시보다 시민 공모작들이 훨씬 더 유식하다는 생각을 했다. 주워들은 각종 인생론들을 발라맞춰 시 비슷하게 꾸며놓는다.

유식은 시에선 독이 될 때가 많다. 이 클리셰는 대개 '~에 대한' 언술로 귀결되는 때가 많다. 벌써 한 걸음 떨어져 생각, 해석, 평가의 각도를 잡고, 저도 몰래 강 건너 불구경의 자세를 취하는 것이다. 불 난 집이 될 생각은 애초에 없다. 불구경은 시가 아니다. '~에 대한' 말들은 쉽다. '~이 되는' 말은 실로 쉽지 않다.

구경꾼의 지식으로 무장한 글쟁이는 옷 입고 탕에 들어가 앉은 욕객과 닮았다. 나는 강의실에서 학생들에게 때로 관념의 탈의를 주문한다. 내가 하는 일은 목욕탕 주인이 하는 일과 다르지 않다. 그러나 물에 젖은 옷은 잘 벗겨지지 않는다.

독서와 이해와 논평을 내적으로 거친 후에 다시 '~이 되려고' 애쓰는 어려운 창작 과정도 있을 것이다. 이 나라 이 민족에게는 무려 오천 만 개의 '개똥철학'이 있다. 시 쓰는 일은 이 유식의 똥

더미에서 분연히 일어나 단 하나의 무지 또는 무식이 되는 일과 다르지 않을 것 같다.

……창가의 안락의자에 누워 긴 오후를, 어제의 해와 함께 곤히 기울던 선생님의 야윈 몸을 생각한다. 내 책을 드리고 선생님 책을 받으면서, 나는 내가 생을 함부로 낭비하거나 함부로 아끼고 있다는 느낌이 들었다. 선생님이 어려웠다.

조금 전에 마감한 글은 유언을 다룬 짧은 산문이었다. 유서는 고쳐 쓸 수 없는 글이다. 모텔 문을 나서는 발길도 한 걸음 한 걸음 물릴 수 없는 것이다. 갈 데가 없는데도 가야 한다. 어디로?

착한 사람

　서울서 방탕하게 며칠 지내다가 조치원 내려와서는 혼자 밥 먹기 싫어 제자를 불러냈다. 그 친구가 말했다. 제가요, 한 반년 만에 대전 집엘 갔는데요. 저는 하나도 달라진 게 없는 줄 알았는데요. 학교 올라오는데 엄마가 말했어요. 얘야, 어찌 됐든, 착하게 살아야 한다……라고요.

　이 시절 이 공기에 아들더러 착하게 살라고 따스하게 윽박지르는 어머니가 몇이나 될까. 그 친구가 등단할 때 나도 잠시 수 인사는 했던 분이다. 이러면 여러 모로 나도 쉽지가 않아진다. 잘 난 놈들을 만들어내야 하는데. 착한 놈들을 안 착한 놈들로 바꿔 내야 하는데. 이 놈들은 내가 그러라면 말이라곤 안 들어먹을 준비가 돼 있는 것 같다.

　착한 놈 더 착한 놈으로 만들자. 아니, 그냥 내버려 두자. 아니, 어차피 착한 놈들이니 힘들어할 때 술이나 한 잔 사 주자. 나보다 더 착한 놈들한테 전해 줄 착함이란 게 나한테 있기나 하나.

말더듬이의 꿈

운동 경기에서 수적 균형은 매우 중요하다. 퇴장 선수가 있으면 시합을 이기기 어렵다. 그러니 파울 유도도 이기기 위한 수단이자 전술인 셈이다. 수적 열세에 놓인 팀의 경기는 그러나 그저 힘들어 보이지만은 않고, 어느 땐 참 아름답다.

아이스하키 경기는 페널티가 세서 반칙을 하면 2분간 퇴장 당한다. 둘 이상이 퇴장 당하는 경우도 흔하다. NHL(북미 하키 리그) 경기들을 보다 보면, 6:4, 6:3의 상황이 심심찮게 펼쳐진다. 4명 또는 3명이 6명의 공세를 막아내려면 선수 개개인의 역할과 책임 범위에 변화를 줘야 하고 포메이션 또한 바꿀 수밖에 없다.

1인 3역이나 2역까지는 아니더라도 한 사람이 한 사람 이상의 역할을 해야 경기의 압력을 견뎌낼 수 있다. 나는 그 수적 불균형의 시합에서 한 사람이 한 사람 이상으로 변하는 걸 그저 숫자 계산이 아니라, 어떤 물리적 변화가 일으키는 역동적 환영을 느끼듯 감탄하며 본다.

그의 개인 역량만이 아니라 팀도 바뀐다. 하나의 조직이, 유기적 전체가 높은 효율성을 발휘하면서, 이전과 다른 방식으로 움직이며 다른 차원의 경기를 수행한다. 그것은 네 명의 손흥민이 한 팀이 되어서, 조치원 신봉조기축구단원 열한 명을 유연하게 상대하는 장면 같은 것이다.

운동과 시 쓰기는 많이 닮았다. 말을 줄여보라고 했는데 학생들이 되물을 때 자주 운동을 예로 든다. 수적 열세에 놓인 팀의 선수를 생각해보라고. 그가 군살이 쪘거나 군 동작을 일삼으면 되겠느냐고. 최대한 살을 뺀 그들의 자세와 동작, 그리고 유기적인 연결과 협업(의 아름다움)이 글쓰기 아니겠느냐고.

운동도 시 쓰기도 결국 불리, 열세, 결여를 체험하고 이겨내면서 실력이 는다. 사용 가능한 수단과 방법에, 시 쓰기라면 언어에 제한과 부담을 두는 식이 되겠다. 그런데 그건 좀 번거롭고 인위적이니, 스스로 뭐라 말로 표현하기 어려운 상황 속으로 자꾸 뛰어드는 게 좋을 것 같다. 그 속에서 오래 말더듬이로 살기. 말더듬이의 꿈은 하나밖에 없다. 더 잘 더듬거리는 것.

당황

시에 쓰지 못할 말은 없지만 그렇다고 아무 말이나 다 시에 들어올 수 있는 건 아니다. 훈련 받은 배우 외에는 아무나 무대에 오를 수 없는 것과 같은 이치다. 갑자기 무대에 처음 서면 누구나 아이처럼 당황해서 어쩔 줄 몰라 하게 된다. 무수한 연습과 실연이 배우를 숙련된 배우로 만들어주듯 말을 고르고 또 고르는 긴 세월을 보내고서야 습작도는 비로소 글쟁이 같은 글쟁이가 될 수 있다.

그런데 갈고 닦은 연기 가지고도 어떻게 안 되는 어려운 순간이 배우에겐 있다. 그는 연기가 막힌다. 하지만 이 지점은 그의 숙련이 아니라 오히려 무대에 처음 오른 아이의 당황이 필요한 지점 아닐까. 당황을 연기하는 건 진짜 당황일 것이다. 시 쓰기도 그렇다. 말이 막혀 막막한 상황이 있다. 그때 필요한 것은 그 어쩔 수 없음이거나 당황이다. 그 지점을 뚫으려면 당황 자체가 되어 당황을 살아내야 한다……

대략 이런 내용을 말하는 중이었는데, 학생들이 졸고 있었다. 당황해서 더듬거렸다. 졸음기가 더 짙어졌다. 그런데 당황한 나머지 시간을 넘겨 가며 계속 주절거렸다. 정말 당황이 되어 열연했다. 열연하면 뭐 하나. 당황해선 안 되는 상황이었는데.

살아나고 있다

어두워 강의 끝내고, 약국 들러 약 사고, 조치원 시장에서 늦은 국밥을 값비싼 마음으로 먹었다. 과일전 평상에 장바구니 내려놓고 담배 한 대 물고 문 닫은 가게들, 시무룩한 시장통의 어둠을 본다. 예나 이제나 나는 망한 느낌이 좋다. 망했어, 망했다고, 중얼거려 본다. 하지만 망하고 난 뒤에도 살고 있다, 꿋꿋이 살아나고 있다고 생각한다. 어지간히 나이도 든 내가 젊거나 어린 친구들한테 보여줄 수 있는 건 곱든 흉하든 이, 다시 살아나고 있는 모습밖엔 없다고 생각한다.

어떻게든

산다화 나무 사이로
바람이 불고 있다
불지 않기 위하여
꽃잎을 잡고
꽃잎이 떨어지면
이파리를 잡고
이파리가 떨어지면
가지를 잡고
뿌리를 향해 가고 있다

_함명춘, 〈산다화 나무 사이로〉

바람은 꽃잎을 사랑한다. 그래서 불어간다. 가면, 꽃잎은 떨어
져버린다. 사랑하니까 가야 하는데 불어가면 저리 되므로, 바람
은 멈춰서 숨을 죽일 수밖에 없을 것이다. 그러나 숨죽인 바람도
바람인가. 사랑을 떨어뜨릴 수도, 저 자신(의 사랑)을 버릴 수도 없
는 곳에서 불현듯 이상한 말이 솟아난다. "불지 않기 위하여".
  사랑하려 하면 사랑하는 이가 다친다. 불지 않기 위해 불어가
는 바람은 극도의 두려움으로 망설임으로 조심으로, 제가 바람
임을 잊으려 하면서, 그러나 절대 잊지 못하면서, 어떻게든 붉이

돼야 한다. 어떻게든 불어가면서, 바람은 사랑의 괴로운 불가능
성과 행복한 가능성을 동시에 수태하게 된다. 숨죽여 부는 바람
도 바람이다. 그러나 숨죽인다는 말은 얼마나 아픈 말인가.

　오랜만에 본 이 좋은 문장을 학생들과 같이 읽었다. 좋은 문
장은 곤경에서 나온다고 말했다. 그러니 늘 감당하기 어려운 문
장을 말하라고, 말이 안 되는 말을 해놓고 그 다음 문장으로 어
떻게든 수습해 보라고. 엉뚱하게 또 엉뚱하게 이어가보라고. 그
러다 보면 어느 고비엔가 그 말 안 되는 문장들이 '어떻게든' 말
이 되는 순간이 올 거라고. 시의 문장은 '어떻게든'이 쓰는 거라
고.

시의 결말 1

시의 결말은 멈춤인데, 그냥 정지는 아닌 듯하다. 변비도 설사
도 방귀도 아닌 미세한 실금(失禁) 같은 것. 멈춤의 우위 속에 조
금 더 나아가다 서서히 그치는 긴장의 느낌. 엑셀러레이터와 브
레이크를 동시에 밟은 듯, 차체를 울리는 진동의 지속과 여운.

시의 결말 2

시의 결말에 대한 말을 하다가, 살짝 버벅거리다가 이런 생각을 했다. 우리 무의식이 의식의 어느 지점에 부착될지 알 수 없듯이 시의 문장은 늘 다음 문장을 모른다고 말한다. 시의 결말도 그렇지 않을까. 결말은 예정된 곳이 아니다. 통상적인 결말이 현재에 있다면 참신한 결말은 미래에 있고, 진정한 결말은 어쩌면 내세에 있을지도 모른다. 내세는 미래의 미래이며 죽음이다.

결말은 닿을 수 없는 곳이고, 닿으면 사라지는 곳이고, 종점이 아니라 출발점이고, 졸다가 지나쳐 잘못 내린 정류장이다. 시를 쓰는 자신이 영문도 모르고 태어난 지구 위에서 놀라 두리번거리는 사람처럼 느껴진다면 시는 문득, 결말에 닿은 것이다. 그러나 그 결말은 지구를 탈출할 수 없는 인간의 운명처럼 정확한 곳이다.

단절, 비약, 연결

생각을 엿 치듯 토막 쳐 어느 만큼의 분량으로 대강 배열해 무마해놓은 글을 시로 봐주기는 어려울 것 같다. 문법만 수월히 지켜가며 설렁설렁 이어놓은 문장들의 모음 말이다.

시 문장이나 행, 연의 연결은 그냥 이음이나 이어짐은 아니겠지. 이 부분 단위들은 '단절과 비약과 연결'을 동시에 내포함으로써, 미묘하게 역동적으로 연결돼 한 편의 시에 닿는 것 같다.

학교가 파한 뒤의 긴 하굣길, 늘 걷던 코스가 지겨워 샛길로 강변으로 떠돌다 저물녘에야 집에 닿아 꾸중 듣는, 초등학생의 길 같은 것. 시골길 너머의 시골길. 시골길에 나타나는 시골길들 같은 것.

생략

원숭이 똥구멍은 빨개
빨가면 사과
사과는 맛있어
맛있으면 바나나
바나나는 길어
길면 기차
기차는 빨라
빠르면 비행기
비행기는 높아
높으면 백두산……

여기까지 끝말잇기가 이어지고선, "백두산 뻗어내려 반도 삼천
리. 무궁화 이 강산에 역사 반만 년"이라는 고무줄 노래가 뒤따
르는데,
　　이 문장 연결은 일종의 나열이라서 시 문장의 이어짐과는 달
리 평면적이다. 시 문장의 연결은 그 불친절함에 묘미가 있다. 연
결과 단절의 합이 연결에 더 가까울 듯하다. 아주 쉬운 방법을
가지고 사례를 들자면, 이 이어진 문장들의 중간중간을 빼버리
는 것이다.

원숭이 똥구멍은 빨개
사과는 맛있어
바나나는 길어
기차는 빨라
비행기는 높아

　이런 식으로 적으면 행간이 더 골똘해져서 상상으로 메우며 읽을 여지가 생기는 것 같다. 생략은 건너뛰기나 멀리뛰기, 깨금 발로 걷기와 비슷하다. 보행이되 다른 보행이라고나 할까. 생략 을 생각하다 보면 시는 역시나 말을 덜 하는 글 같다.

제자리에서

논문이란 첫 문장을 쓸 때 이미 결론을 알고 쓰는 글이다. 목차를 잡아 놓고 내용도 마련해 두고, 정해진 결말을 향해 (모르는 체하고) 견실히 나아간다. 소설도 그렇다. 중간에 헤매더라도 일단은, 십 리 밖의 깃발을 보고 간다. 이것들엔 지도가 있다.

시는 이게 안 되는 글쓰기다. (드물게는 되지만) 시인은 늘 '맨땅에 헤딩'한다. 그린도 깃발도 없으니, 온 그린도 없다. 이것들이 없으니 게임 자체도 없다. 절도 있는 원님 행차를 뒤따르는 취한 각설이 타령이다.

시는 그냥 제자리에서 질주한다. 아주 센 슬로 모션으로, 몇 걸음 뛰(기)어 나간다. 더듬거리고 비틀거린다. 헤맨다. 그런데 그런 어느 순간에 먼 곳의 깃발이, 그린이, 결말이 발밑에 다가와 있다. 시 쓰기는 과녁들의 돌진에 무방비로 몸을 여는, 안 쓰기이고 조금 쓰기다.

두엄 지고 장에

이문열의 『젊은 날의 초상』에는 부르주아 애인을 따라간 부르주아 파티에서, 주인공이 촌티와 당황을 감추고 정신 승리 하느라, 보리차를 양주인 줄 알고 마시는 장면이 나온다. 누가 빈정거려서 그걸 깨닫는 '폭망' 장면이 안쓰러웠던 기억이 난다.

수업에서, 시 쓰기는 두엄 지고 장에 가는 일 비슷하다는 말을 했다. 농사꾼은 농사 지은 걸 이고 지고 가서 돈 바꾸고, 그걸로 생필품을 사 올 계획을 가지고 장에 간다. 두엄 지고 장에 가는 건 바보짓이다. 두엄은 밭으로 가야 하니까. 하지만, 북적거리는 장터에 누군가 반드시 두엄을 필요로 하는 이가 있으리라는 명한 믿음 같은 게 시를 쓰게 한다.

그는 웃음거리가 되어 얼굴을 붉히며 장터에 서 있을 수 있다. 나는 그의 두엄이 소설의 보리차 비슷하다는 생각이 든다. 주인공은 그걸 마시고 실제로 취했다. 이 플라시보 효과를 말하려 한 건 아니다. 실제로 누가 그걸 살 수도 있겠지만, 그의 두엄은 지게에 실려 장터에 놓여 있다. 그냥 놓여 있으면 된다. 두엄은 상품인 곡식을 기르는 대지의 피와 살 아닌가.

팔고 사는 거래의 계산속에 대해 모호한 아날로지로 대응하는 것, 아니 진부하고 관습적인 그 아날로지에 대해 과감하고 막막한 상상의 모험을 감행하는 것이 시 쓰기에 필요하단 말이었

다. 물론, 강의실의 언어다. 미친 듯이 현실이 압도해 올 땐 시인
도 미친 듯이 날뛰거나 엉금엉금 기어 다닐 수밖에 없다. 가령
'오월 광주'가 닥쳐오면 그렇게 되지 않겠나.

압도적인 현실은 모든 원론들을 뒤편으로 원위치 시키는 것
같다. 이런 때 시인은 아무런 원론 없이, 방법 없이, 심지어 원고
료도 없이 '밤송이를 까야 한다'.

과제 하듯

간밤에 함께 술 먹던 어느 학생이 말했다. "저는 과제 하듯 해야 시를 쓰는 것 같아요." 매주 과제 하듯 쓰라고 짐짓 다그쳐주었다. 누가 내게 하지 않은 걸 다른 이에게 하며 산다.

과제와 이름이 비슷한 가재는 1급수 지표 갑각류다. 어렸을 땐 동네 빨래터에도 많이 살았다. 내가 본 가재는 두 종류다. 조그맣고 단단하고 검은 가재와 커다랗고 물렁물렁하고 누런 가재.

작은 놈은 잡으면 반찬 해서 먹었고 큰 것은 못 먹는다 해서 잡아도 버려야 했다. 살려줘야 했다. 크고 물렁한 그놈을 동네선 '썩은 가재'라 불렀다. 썩은 것은 죽은 것이다.

심신의 약세와 더불어 근자엔 글을 잘 못 쓴다. 잘 안 된다. 그런데 컴퓨터를 뒤적이다가 놀랐다. 해마다 쓰는 양이 늘어 왔다. 올 상반기가 최고치다. 미쳤나 싶어서 다시 봐도 그렇다. 내가 진짜 미쳤구나.

'썩은 가재'처럼 굴어선 안 될 것 같다. 허둥지둥 써내는 글과는 작별을 고하자. 언제 한 번 '안' 해보겠는가. 매주 과제하듯 쓰라고 학생을 다그치고 들어와서 중얼거리는 중이다.

나도 과제 하듯 쓰겠다. 그러나 아주 게으르게 과제 하겠다. 어느 날 시를 써 들고 학교 갔는데, 오 년 전에 학교 문 닫았는데요, 이런 소리 듣는 학생처럼. 그러나 '썩은 가재'처럼 목숨 아껴 가며.

그냥 하는

이미 시인 면장을 가진 어느 학생이 식사 자리에서, 시를 잘 쓰고 싶어요, 열심히 잘 하고 싶어요, 말했다. 그 마음이 이해되었으나 잘 하는 것보다 더 중요한 것은 그냥 하는 거다, 말해주었다. 하는 것이 잘 하는 것이다.

잘 할 수 있기는커녕 할 수조차 없는 상황들이 있다. 변비 환자는 잘 누기 위해 변기에 앉지 않는다. 큰 수술을 한 사람은 잘 걷고 싶어 하지 않는다. 슬픔에 잠긴 자는 잘 웃는 게 뭔지 모른다. 누고, 걷고, 웃는 것이 사활적인 목표가 된다.

글쓰기의 아포리아는 글쟁이가 자초하고 글쓰기 자체가 유발한다. '잘' 쓰려고만 하면 거기까지 못 가는 것 같다. 자초가 안 된다. 벼랑에서 누가 잘 떨어질 수 있겠는가. 그냥 떨어지는 거다. 나한테 하는 말이었구나, 하고 또 느끼게 된다.

시란?

축구란 무엇인가? 각 팀 11명의 선수들이 두 팔을 제외한 신체 부위로 공을 다루어 골을 넣는 걸로 승부를 겨루는 운동 경기다. 야구란 각 팀 9명의 선수들이 서로 공을 던지고 치고받으며, 지정된 베이스들을 돌아 올린 득점으로 승부를 가리는 경기다.

이런 식의 사전적 정의와 설명이 가장 명쾌하고 강력할 때가 있다. 실제 운동 경기의 무수한 표면 현상들은 이 단순한 뼈대의 가지와 잎과 꽃에 불과하다. 이런 언명들 가운데 압권은 단연 '명인' 서봉수의 바둑에 대한 한 마디다. 바둑이란 무엇인가? "나무판에 돌을 올려놓는 것이다." 이 말은 명쾌하다 못해 통렬하다. 평생을 승부에 바친 9단 고수만이 이런 말을 할 수 있을 것이다.

화려하고 치렁치렁하되 번거롭고 식상한 수사들이 넘치는 글을 접하다보면, 저 사전적 정의들이나 간명한 통찰을 담은 문장들이 떠오른다. 말이 넘치는 글에 대해서는 선생도 말이 많아질 수밖에 없다. 그래서 강의실엔 선생 헛소리만 가득하다. 시란 무엇인가? 백지에 펜으로 몇 마디 끼적이는 것이다.

피사의 사탑

　마감이 열흘 지난 시 두 편을 손질해 어디 보내고 점심 무렵엔 먼 길을 떠나야 한다. 손엔 시가 되다 만 게 스무 편 가량 들려 있는데 골라낼 게 마땅찮다. 이렇게 된 건 애초에 부실한 아이디어를 가지고 섣부르게 작업을 시작한 탓이다.

　기초를 잘못 놓고 시작하면 결국 피사의 사탑을 짓게 된다. 아니, 이걸 나쁘게 말해선 안 될 것 같다. 기초를 잘 놓고 시작한 시의 건축은 반드시 피사의 사탑이 된다. 나는 중간의 어떤 공정이 미진했던 것이다. 세상의 집들은 다 똑바로 서 있다. 똑바로 선 무수한 건물들 가운데 홀로 기울어진 집이 시에 가까울 것 같다.

시의 집

　누구나 집에서 살지만 모두가 집을 짓지는 않는다. 집을 어떻게 짓나. 사람이 들어가 살 수 있게 짓는다. 시 쓰기는 집짓기와 비슷하다. 시도 사람이 들어가 살 수 있게 지어야 한다. 시의 집은 마음의 집이므로 사람의 마음이 들어가 살 수 있게 지어야 한다. 쓴 사람의 감정, 생각으로 가득 차 있거나 그것들이 너무 헝클어져 있으면 읽는 이의 마음이 편히 들어가 머물 수가 없다. 시는 내 마음의 노고로 짓는 집이지만 궁극적으로는 남의 마음의 집을 짓는 일인 듯하다. 채울 것은 채우고 비울 곳은 비우며 누군가를 초대하는 마음으로 시의 집을 지을 수 있다면 좋을 것이다.

어렵지 않은 일

창작에 뜻이 있는 학생과 그렇지 않은 학생을 분간하는 건 쉽지 않은 일이다. 모두가 나름대로들 쓰기 때문이다. 그러나 가만히 보면 차이가 희미하게 보인다. 어떤 학생들은 의문이 많고 어떤 학생들은 별로 의문이 없어 보인다.

그걸 들여다보면 또 차이가 보인다. 어떤 학생들은 필요한 의문에 대해 설명하면 쉬 납득하고 불필요한 의문을 자제할 줄 안다. 의문을 가지고 있으나 열렬한 수용의 지점이 보인다. 반대로, 어떤 학생들은 불필요한 의문이 많고 필요한 의문은 가지지 않는다. 불필요한 의문에 대해 설명해도 잘 납득하지 못하고 필요한 의문의 필요성은 잘 이해하지 못한다. 의문이 없고 의외의 외고집이 있다.

이것은 혹 지력의 차이인 걸까. 그렇다면 열정이나 노력으로 불리는 정신력이란 것도 의심해봐야 하는 걸까. 창작에 뜻이 있는 학생과 그렇지 않은 학생을 분간하는 건 의외로 어렵지 않은 일일지도 모르겠다.

재능

등불을 들고 밤길을 걷듯 더듬더듬 말을 찾고 버리며 이어 나가, 한 편의 시로 수습한다. 완강하게 저항하는 사실적·비사실적 질료들, 걸음마다 덫을 놓는 내면의 혼란, 욕망, 회의들을 용케 피하고 아울러서, 어느 곡진하고 갸륵한 지점에 도달한다. 삿되고 게으른 충동들을 누르고 겸손히 조율된 제 목소리를 제가 듣는 느낌으로 마무리한다. 그리고 잠깐의 안도……. 그의 시 쓰기는 대부분 여기서 종료되는데,

그는 문득, 어딘가 미흡하다는 생각에 빠진다. 그 생각에 오래 빠져 있으면 시가 다가와 조용히 말한다. 딱 한 번만 말한다. 그 애씀의 고통과 보람, 겸손의 쾌락을 내려놓아라.

가슴이 터질 것처럼 아까워하며 그는 망설인다. 그러면 그 목소리는 다시 들려오지 않는다. 애씀의 고통과 보람, 겸손의 쾌락을 조금의 주저도 없이 내려놓고, 홀린 듯 먼 것을 중얼거리는 어떤 감탄스러운 재능들이 있다. 부럽다.

내려놓는 것은 그의 시 쓰기를 한 걸음, 아니 반걸음, 아니 반 뼘이나 전진시키는 순간의 무의식적 계기인데, 그걸 끝내 못 해내는 것이다. 그는 도리질하며 움켜쥔다. 정신을 차리고 손을 펴본다. 빈손이다.

연습법

첫머리가 아주 유명하지만 내 생각에 『설국』의 명문장은 이거다. "고마꼬는 자신의 희생과 형벌을 모두 끌어안고 있는 듯이 보였다." 죽어가는 요꼬를 애써 불 속에서 안고 나오는 작품 결말, 고마꼬에 대한 묘사다.

오래 전에 읽을 때 이 문장이 머리에 남았던 것 같지는 않다. 서술자는 바로 그 선한 구출 행위와 요꼬에 대한 가책을 "희생과 형벌"이라 비틀어 표현한 듯하다. 두 여자는 병사한 유끼오와 남녀관계로 얽혀 있고, 주인공 시마무라와도 그렇다. 유끼오는 고마꼬를 부르며 죽고, 요꼬는 유끼오를 잊지 못하며, 고마꼬는 시마무라와 사랑에 빠지나, 시마무라는 요꼬에게 은은히 끌린다. 요꼬를 연민하기도 질시하기도 하는 고마꼬의 모순된 행위와 심리를 '희생과 형벌'로 압축한 문장에는 미묘하고 서글픈 떨림이 있다.

마음은 고결하고 이상적인 세계를 동경하기도 하고 부도덕하지만 뜨겁고 파괴적인 욕망에 끌리기도 한다. 이것이 정상 심리라고 본다. 이 모순 상태를 적는 연습법. 죄와 용서, 용서와 벌, 죄와 희생 등으로 다양한 대립 항들을 만들고, 각각에 맞는 체험과 상황을 떠올려 세부를 채우기. 그러다가 내가 쓴 문장이 이해가 안 되어 갸우뚱거리던 기억이 난다.

연습은 없다

사실, 글쓰기엔 연습이란 게 없다. 활주로를 달리는 비행기는 연습하고 있는 게 아니다. 비행기의 질주는 뒤따르는 이륙의 한 부분이라는 점에서 이미 비행이다. 쓰고 있다면 그는 실전 중이다. 누가 천국을 알아보려고 연습으로 죽어볼 수 있겠는가.

여러 해 이런 이야기를, 글쓰기의 비유들을 페이스북에 지어왔다. 이것이 학교 수업엔 약간 소용이 있었으나 내 글쓰기엔 별 도움이 되지 않았다. 글을 쓸 수 없을 때는 그냥 쓴다. 말을 못할 때는 그냥 중얼거린다.

흉내

아주 잘 그린 그림도 아주 못 그린 그림도 다 흉내 내기 어렵다. 모작의 천재도 있지만 그는 이미 그 방면에서 일가를 이룬 사람이다. 일반인은 다빈치의 〈모나리자〉 모조품을 그리는 게 불가능하다. 마찬가지로 여섯 살짜리가 그린 '추상적인' 엄마 그림을 똑같이 따라 그리는 것도 불가능하다.

시도 비슷한 것 같다. 서투른 시의 감각을 흉내 내는 건 나로서는 불가능하다. 아무리 애써도 안 될 것 같다. 대본이 있다면 모를까. 내 수준의, 어중간하게 '잘 쓴' 시들은 어지간히 흉내 낼 수 있을 것 같다. 비슷한 제재로 비슷한 수준의 글을 쓸 것 같다.

그런데 일반인과 〈모나리자〉 모작의 관계까지는 아닐 텐데도 어떤 작품은 흉내 내기가 어렵다. 나는 이렇게는 도저히 못 쓸 것 같다, 이런 발성은 어디서 어떻게 나오는 거지 싶을 때가 있는 것이다. 모작의 기술이 아니라 어떤 감각을 손에 쥘 수가 없다. 이들 중에 좋아하는 작품들이 있어서 수업에 들고 들어가서는 어떻게 말해야 할지 몰라 쩔쩔 맬 때가 있다.

거꾸로 생각하기

아무리 훌륭한 걸 가지고 해도 자랑은 대개 실패로 끝난다. 자랑거리는 구경거리나 웃음거리가 되는 것 같다. 자랑에도 방법이 필요하지 않을까.

글쓰기는 방법적으로 숙고되고 정련된 자기 자랑 같다. 자랑에 성공한 글에는 자랑의 그림자조차 비치지 않을 때가 있다. 그는 자기 저격에 성공한 자객으로서 타인의 박수를 이끌어낸다.

그런 어려운 경지는 모른다. 다만 뭘 거꾸로 뒤집어 생각하는 버릇이 있다. 자랑을 지레 포기하고 스스로를 구경거리나 웃음거리로 만드는 것. 그것으로 시작해보는 것.

강의실

……책을 읽으려고 했는데, 화장실에 앉아 있다. 냉장고를 청소하려 했는데, 페이스북을 보고 있다. 한숨 자려고 생각했는데 현관에서 운동화를 신고 있다. 깜박깜박한다.

오늘 수업 시간에 말했다. 여러분, 시에 대한 지식과 개념들 너무 믿지 마세요. 쓰는 데 방해됩니다. 책벌레는 몽상가 못 이겨요. 쓸 때는 아는 체 하지 맙시다. 물론, 지식과 개념 필요합니다. 아는 건 좋아요. 하지만 아는 걸 슬기롭게 잊는 게 더 좋습니다. 앎은 어디 안 가요. 잠재성의 영역에 가서 스멀대지요. 쓰고 싶을 땐 그걸 모름의 상태로 바꿀 수 있어야 해요. 하여간 잘 잊읍시다.

부산스런 한 주를 마치고, 내 꼴을 돌아보고 있다. 아아니, 나야말로 이론과 실천이 완벽한 일치를 보이는 모범 시인의 사례 아닌가! 저녁 내내 오늘은 안 마신다 주문을 외워댔는데, 어느 새 내 손엔 무려 소맥 잔이! 이거 누가 따라준 거야. 기억이 안 난다.

여러분, 잊어야 해요. 애써 기억하려 하지 맙시다. 그럼 멋진 말이 떠오를 거예요. 누가 따랐든 말든 눈앞엔 이렇게 술잔이! 일단, 잔은 비웁시다. 비우고 나서, 시든 코로나든 생각합시다. 아니, 생각도 하지 맙시다……. 아직 강의실이다.

다음에

대학 문과를 다니다가 영어를 공부하러 미국엘 가서는 엉뚱하게 버클리 대학교 물리학과를 졸업하고, 군 복무 하러 들어왔다가는 영어 선생으로 주저앉은 손위 친구가 하나 있다. 그는 자칭 '해탈자'다.

시 수업이라곤 들은 바 없는 그의 딸이 시를 쓰고 싶어 한다는 얘길 듣고, 습작품을 같이 읽으며 조언을 한 적이 있다. 그냥 인터넷 검색해서 읽고 쓴 솜씨라는데 부지불식간에 눈을 찔러오는 문장들을 쓰고 있어 대견했다. 작년 얘기다.

지난 가을에 그 부녀를 연남동에서 만나던 기억이 난다. 지금은 YTN 어느 다큐멘터리 프로그램의 막내 작가를 하는 아가씨에게 물었다. 시는 꾸준히 쓰니. 아뇨. 너무 바쁘기도 하고, 제가 시에 이 정도 에너지밖에 쏟지 못하나 싶어서, 지금은 꾹 참고 있어요. '다음에' 제대로 열심히 쓰고 싶어요. 이런 대답이 돌아왔다.

재능은 견디는 힘이다. 명백하고 단순한 상식의 세계에 눈 감고, 모호하고 어둡고 혼란스러운 상태에서 오래 참을 줄 아는 것. 시 앞에서 철저히 무력해져 보고, 안타까운 수동적 상태에 처해본 이들이 지금이건 나중이건 무언가 역력한 것을 써낼 것이다.

겉멋

어렸을 때 나는 멋 부리는 사람이 부러웠다. 하지만 겉으론 싫어하는 체했다. 내가 멋 부릴 줄 몰라서였고, 멋 부리는 게 허영이라 주변에서 들어서였고, 결국 자신이 없어서였다.

졸업하고 취직하자마자 옷가지며 화장품을 사들이기 시작하던 누님을 흘겨보곤 했으나, 사실은 예쁘다고 생각했다. 그 후로, 스무 살 누님의 거울은 조금씩 흐려져 갔지.

생활의 바다로 나가 청춘이 시나브로 시들어 가서, 누님의 영롱한 거울이 희끗희끗한 '아줌마'의 거울로 바뀌는 걸 띄엄띄엄 보았다. 이제 손녀를 돌보며 늙어가는 환갑 누님이 당최 멋 부릴 줄 몰라서 좀 안타깝다.

시를 건조하게 쓰라고 학생들에게 늘 주문하지만 솜씨를 자랑하는 걸 말리지는 않는다. 멋 부려도 좋다고 생각한다. 과하다 싶을 정도로 수사적 단련을 거쳐보는 것이 나중을 위해 좋을 것 같아서다. 어려운 건 해볼 필요가 있다.

언어 표현에 어떤 원천 기술이 있다고도 느끼지만 거기 접속하는 것도 언어의 연마를 통해서다. 무기교의 기교니 천의무봉이니 하는 거창한 차원을 믿으면 글쓰기가 피땀 어린 훈련이라는 당연한 사실을 잊기 쉽다. 그러면 정말 겉멋을 부리게 된다.

시의 얼굴

시험 때면 학생들은 벼락치기로 공부를 한다. 짧은 시간에 집중적으로 개념과 지식을 외운다. 그리고는 다음 날 그게 머리에서 비듬처럼 떨어져 내릴까봐 두려워하며, 조심조심 버스를 타고 학교에 간다. 시험지를 받아 들면 그 외운 것들을 부리나케 떠올려 열심열심 적는다.

(논술과 에세이도 크게 다르지 않다. 그것은 유형화된 지식과 사고의 덩어리를 암기해 요령껏 변주하는 글쓰기에 가깝다.)

이들과 달리 시인은 외우지도 않은 어떤 것을 떠올려 적어야 한다. 외운 내용은 명백하되 좁은 의식 범위에 고여 있다. 실내 낚시터에 풀어 놓은 물고기들처럼. 시인은 사막에 던져진 나그네나 한바다로 쫓겨난 표류자 비슷한 신세다. 그는 의식 너머의, 기억에도 없는 낙타와 돌고래를 떠올려 적어야 한다.

그는 저지르지 않은 범행을 자백해야 하는 피의자 같다. 전생을 떠올리려고 낑낑대는 원숭이 같다. 공부가 교실에서 책 읽는 일이라면 시 쓰기는 운동장에서 구슬을 찾는 일 아닐까. 운동장의 아이는 5-2반 교실 따위 외울 수 있다. 하지만 조치원을, 개마고원을, 태평양을 외울 수 있을까.

그러므로 그가 어떤 걸 떠올리는 게 아니라, 어떤 것이 그를 떠올리는 거라 해야 어지간히 정확할 것이다. 이게 얼마나 어려운 일인지 학생들한테 말했다. 나는 그의 아름다운 얼굴을 수백 수천 개든 떠올릴 수 있다. 하지만 잘난 그가 내 못생긴 얼굴을 한 개나 떠올릴 수 있겠느냐고.

유_有에서 무_無를 2

네루다가 섬을 떠난 지 일 년쯤 뒤, 마리오는 네루다의 축음 기에 '섬의 아름다움'을 찾아 녹음한다. 영화 〈일 포스티노〉 얘기 다. 1번 작은 파도, 2번 큰 파도, 3번 절벽의 바람, 이런 식으로. 그러다가 일곱 번째에 마리오의 마이크는 별안간 별이 가득한 밤하늘을 향한다. 찬란하나 말 없는 별들을 죄다 녹음이라도 해 버릴 것처럼.

그래서 별 하늘은 녹음이 됐나? 나는 녹음됐다고 생각한다. 침묵엔 소리가 있다. 이 영화를 한 해에 한 번씩 수업에서 보여주 며, 이 장면이 첨예하고도 심오한 시적 순간의 사례라고 설명한 다. 설명은 까다롭다. 침묵의 소리를 포착하는 일은 감각의 화학 적 변화, 정신의 남다른 집중과 고양을 필요로 한다. 아름다움에 대한 강한 끌림, 그걸 누군가에게 전하고 싶어 애타는 마음에 힘 입어 영화의 '은유'는 '다른 은유'로 도약한다.

이 장면의 함의와 관련하여, 마음속에 무슨 이유에선지 말을 안 하는 연인이 있다고 생각해보길 권한다. 나는 그를 사랑하는 데 그는 왜 나의 부름에 답하지 않을까. 그 사람은 늘 말을 하고 있다, 내가 듣지 못할 뿐이다, 어쩌면 사랑의 주파수가 다르거나 그 사람이 (나보다) 더 사랑하고 있기 때문이다……이렇게 횡설수 설하기도 한다. 그의 큰 사랑이 하는 말을 들으려면 나의 작은 사랑은 온 힘을 다해 귀 기울일 수밖에 없지 않겠느냐고.

별 하늘이나 말 없는 사람의 말은 다 없음으로 존재하는 시의 얼굴이고 음성이다. 우리는 없음의 존재를 있음에 힘입어 안다. 예술적 창조는 아마 무에서 유를 만들어내는 일은 아닐 것이다. 그것은 유에서 무를 만드는 일에 가깝다. 이를 영화 속의 네루다는 "시인에게는 영감의 대상이 필요하다"는 말로 표현한다. 기도는 대개 빈손으로 올리지만 촛불을 켜 든 채로 올리는 기도도 있다. 백만 개의 촛불이 불러오려 하는 희망 같은. 그럴 땐 무언가 오지 않을 수가 없을 것이다.

이야기의 층위에서 더 뭉클한 건 마지막 8번이다. 아내 베아트리체의 뱃속에 든 파블리토의 심장 박동소리. 영화가 시와 사랑과 혁명 이전에 마리오와 네루다의 우정을 다루었다고 볼 때 그렇다. 파블리토 안에는 누가 들어 있나? 네루다(파블로)가 들어 있다. 마지막 아름다움을 벗인 네루다에게 증여함으로써 마리오는 그에 대한 우정과 존경을 시적으로 실천한다. 그리고 얼마 뒤 그걸 다른 세상으로 배달하러 가듯 시위에 나가 죽어, 섬을 영영 떠나고 만다.

3

생활

서정

짐

이삿짐 센터 직원들은 책을 짐이라 여긴다. 그래서 막 다루는
것 같다. 책에는 내 온갖 사연과 의미가 묻어 있는데. 지식의 기
쁨과 지혜의 감동으로 책은 지금의 나라는 인간을 거의 만들어
낸 것인데. 나는 짐짝처럼 취급 받는 책이 안타까워서, 그것들에
서 무언가가 쏟아지기라도 한다는 듯, 어린 자식을 보호하려는
어버이처럼 허겁지겁 책을 책장으로 옮겨 넣는다.
　그러나 정리가 다 끝나고 나서야 비로소 알아챘다. 그들이 맡
은 책장은 반듯하고 말끔하며 내가 맡은 책장은 들쭉날쭉 어지
럽다는 걸. 노동이란 말이 그렇듯 짐이란 말에는 부정적인 뉘앙
스가 들어 있다. 그런데 그렇지가 않은 것이다. 그들은 나의 책
을 소중하게, 짐으로 대해 주었다.

공부

　어릴 때부터 공부를 싫어했다. 여럿이 어울려 노는 것도 별로 좋아하지 않았다. 논다면 혼자 노는 것, 그냥 가만히 있는 걸 제일 좋아했다. 억지로 공부를 하긴 했다. 그 공부는 이를테면, 무언가가 '되는' 공부였다. 되기 위해 '필요한' 공부였다.

　요즘도 공부를 썩 좋아하진 않는다. 억지로 조금씩 하긴 한다. 내가 하는 공부는 굳이 밝혀야 한다면, 무언가가 '되지 않으려는' 공부다. 필요 없는 것이 필요하다.

　달리는, 원래 나였던 것이 돼볼까 하는 공부다. 되지 않으려하는, 될 필요를 모르는 공부에 지금껏 '되려고' 주워 모은 지식을 땔감처럼 사용하는 건 통쾌한 일인 듯하다.

어떤 이치

오래 시를 쓰고 싶어 하는 한 학생에게 책을 선물하며 이렇게 적어주었다.

"내일의 시인 ○○○에게.
내일은 너의 것이다."

적고 보니 어딘가 이치에 맞지 않은 듯해서 한 마디를 덧붙였다.

"너는 내일의 것이고……."

별 하늘

여덟, 아홉 살 때 밭 일 하기가 싫어 자주 도망을 쳤다. 날이 저물면 혼날까 봐 집엘 못 들어가고 담벼락에 쪼그려 앉아 훌쩍이곤 했다. 펌프질 소리, 신 터는 소리, 식구들 숟가락질 소리에 귀를 쫑긋 세우고, 날 찾아 주지나 않을까 담 너머로 고개를 갸웃하게 빼곤 했다.

그러던 어느 날은 어쩐 일인지 담벼락을 타고 지붕 위로 올라갔다. 날은 어두워 오는데 나는 왜 이렇게 높은 곳에 혼자 있나? 이런 생각을 했던 것 같다. 아가 하나 없다. 아는 많아요. 이런 소리를 들었던 것도 같다.

지붕 위는 무서운 곳이다. 용마루에 앉아 내려다보면, 저물어 가는 대기 속에 집은 낮게 불을 켜고 앓는 어두운 짐승 같았다. 나는 왠지 식구들이 한없이 가여워져서 글썽이고 말았는데, 나를 태운 어둡고 고단한 짐승이 먼 바다를 기약 없이 표류 중인 난파선인 것만 같아서였다.

그러나 그런 기억은 그걸로 끝이 나버렸던 것 같다. 고개를 들자 별 하늘이 갑자기 온 얼굴에 쏟아져 내려서였다. 발아래 지붕이 사라져버리고, 그 어두운 짐승도 식구들도 사라져버리고, 온통 찬란한 별바다에 빠져 허우적거리며, 나는 하늘 속으로 헤엄쳐 갔다……. 그리고 사십 년이 흘러갔다.

부처

어제는 선생님 문병 차 상경했었다. 많이 편찮으셔서 조금씩이나마 최대한 회복하시길 빌었다. 시인이자 소설가인 L과, 나중엔 시인인 A와 늦게까지 마셨다. 나으라고 빌며 마시는 것도 기도 아닌가.

그 존재만으로 주위를 안도하게 하는 이들이 잘 되고 덜 아프기를 바라게 된다. 알고 보면 거기서 거기인 인간들 중에 나보다 더 사람 같은 이들이, 날 때부터 다 그랬던 것만은 아니다. 인간의 미망과 고난과 더 힘껏 싸웠기에 그렇게 되었을 것이다.

인간이라는 병과 오래 씨름한 이들은 몸과 마음이 깨끗해 보인다. 어제의 선생님과 술벗들이 다 그래 보였다. 부처는 먼 데 있지 않다. 고통 앞에서 얼어붙는 자, 모두 천 근 만 근의 부처다.

선생님의 깨끗한 손

2012년 가을에 어느 선생님과 '강정 평화를 위한 도보 순례' 차 바로 그분의 고향인 목포를 다녀온 적이 있다. 함께 기차를 타고 내려가 모텔에서 일박하고, 다음 날 십 킬로미터 가량을 함께 걷고, 다시 둘이서 기차로 용산 역까지 올라오는 동안 여러 가지 얘기를 나누었다기보다, 선생님 말씀을 들었다.

기억나는 얘기들이 여럿이지만 특히나 마음에 남는 건 이 한마디였다. "나는 지금껏 살아오면서 누군가를 한 번도 때려본 적이 없네." 그때 나에게 그건 어떤 불가능한 일처럼 느껴졌다. 무지했든 사소했든 나는 내 손이 폭력에 사용된 걸 기억한다. 내가 부끄러웠다기보다 선생님이 놀라웠다.

선생님의 글과 말에 대한 감탄과 애정을 넘어 마음으로 한 인격을 존경하게 된 계기였다. 앞으로도 선생님의 글을 오래 읽겠지만 한 번도 주먹이 되어본 적이 없는 그 손이 생각날 때마다 옷깃을 여미게 될 것 같다.

탈

탈에는 얼굴이 있다. 인물의 성격을 전형화 했거나 인물의 전형을 성격화했거나 간에. 탈에 주입한 이것이 양반의 웃음이면 바보 웃음이고 서민의 웃음이면 비웃음이겠지.

소파에 앉으면 맞은편 벽에 그것이 걸려 있다. 작년에 어느 선생님이 선물로 주신 것이다. 웃고 있는 탈은 왠지 드높이 효수된 목 같다. 얼굴과 미소를 한 칼에 베어낸 거라면 귀신의 솜씨겠지.

독방의 하느님

마음속에는 온갖 것들이 숨어 있다. 꺼내기 어려운 일들, 말들. 꺼내면 고통이 되므로 금세 거짓말로 바뀌는 것들. 이곳은 가끔씩 휴가 내보내주는 군대 같은 곳.

더 깊은 곳엔 꺼낼 수 없는 말들, 일들이 쌓여 있을 것이다. 나도 잘 모르는, 내게도 거의 잊힌 기억들이 정체불명의 심해어처럼 떠다니는 곳. 굳센 감옥이 있어 아주 드물게 면회만 가능한 곳.

더욱 더 깊은 곳엔 무엇이 있을까. 면회도 불가능한 그곳엔 뜻밖에도 하느님이 감금돼 있을 것 같다. 독방의 독방에 사형수처럼 갇힌 이분은 이번 생엔 나에게서 탈옥하지 못하겠지.

요는, 나란 인간이 생각보다 무지하고 단단한 감옥이라는 것.

옳음

누가 들어와 뒤에 섰는지도 모르고 놀이나 공부에 열중하고 있는 아이들을 볼 때면, 왠지 눈물이 나려 한다. 사람이나 짐승이나 무언가에 몰두해 있는 모습은 감동스럽다.

갈 곳이 정말 있어 걷는 사람도 갈 곳을 정말 몰라 꿇어 엎드린 사람도 왠지 감동스럽다. 난바다를 헤치고 가는 배도 포구에 정박해 쉬는 배도 그렇다. 살면 살고 죽으면 죽는 모든 것들이 그렇다.

그것이 좋거나 아름다워서일 것이다. 진실로 좋은 것은 그저 좋은 것이다. 하지만 그런 느낌 다음에는, 그것이 옳다……라는 생각이 찾아온다. 옳구나, 그런 모습이 옳은 모습이구나.

'옳다'라는 관념, 아니 느낌을 얻기까지 인간은 대체 얼마나 긴 시간을 걸어온 것일까. 어쨌든 그것이 문명과 사회를 떠받쳐주게 되었을 때까지. 하지만 인간은 또 얼마나 더 걸어야 할까.

엄지손가락

설 전에 실수로 쇠붙이에 엄지를 베여 세 바늘 꿰맸다. 그 이름도 이상야릇한 조치원 '방지거 외과'에서. 내 술친구들은 하나같이, 괜찮아 마셔, 마셔, 말했다. 마셨다.

게다가 설 쇠고 난 뒤엔 또 평생 동반자인 "죽음의 미(美)한 얼굴(정지용)"이 별안간 한 열흘 찾아와 괴롭히는 통에 무작정 마셔댔다. 어제 병원 갔더니 한 주 전에는 실밥을 뽑아야 했다나.

의사는 화를 냈다. 염증으로 피부 조직이 좀 상한 듯한데, 그는 그걸 "썩었다"고 표현했다. 제 손가락도 아닌데 그만큼 흥분하는 걸 보니, 어딘가 제대로 된 의사인 듯했다. 고맙고 미안했다.

상한 건 내 손가락이다. 실밥을 뽑고 보니, 엄지손가락이 엄지발가락 같아졌다. 별로 '미하지'는 않다. 내 몸은 그래도 아직은 좀 깨끗한 편이다.

다들 웃겠지만 '손이 발이 되도록 (쓰자)'가 내 좌우명이다. 당연히 실천해본 적 없고……. 이제 발에 방불해진 손을 보고 있자니, 이상야릇한 성취감에 실실거리게 된다. 한평생 사이비를 면치 못할 것이다.

옛사랑

어렸던 옛날에 폭군 아버지한테서 어머니를 구출해야겠다고 자주 생각했다. 내 가느다란 팔과 돈 못 버는 몸뚱이를 미워했다. 어머니하고 멀리멀리 달아나서 모호하게 둘이 사는 생각을, 모호하게 했다.

아버지가 세상 뜨고 나자, 어머니는 늙으신 솔로가 됐다. 어? 나는 솔로가 아닌데. 그 후로 어머닌 그냥 형제자매들의 공동 소유가 됐다. 아니, 형제자매들의 소유자가 됐다.

아침에 한 시간 가량 통화를 했다. 어머니 58분, 나 2분. 이 일방적인 대화는 그냥 내가 응, 응, 응…… 하고 옛 사랑에 취해 듣는 시간이다. 이 시골 할머니는 정말 토속적인 한국어를 구사하는구나. 어머니의 긴 경상도 말 담화를 나는 이따금, 짤막하게 표준말로 요약해드린다.

그런데 요약되지 않는 것이 있다. 내가 영감이 없어 아무개가 무시하는 것 같다고, 이 분이 흥분해서 옆집 뒷집 할매들을 험담할 때다. 어머닌 옛 사랑의 약속을 다 잊어버렸나보다. 조금 서운했지만, 학교 가서 그냥 수업을 열심히 했다. 이분의 '영감'이 돼드리고 싶지만 불가능한 게 명백하기에.

아버진 어머니와 365일을 같이 살았는데 나는 기껏해야 일 년에 한 보름 같이 산다. 이래선 연인관계를 주장할 근거가 약하다. 그래서 매번 58: 2로 질 수밖에. 당신과의 사랑에 대해서라면 어머니, 저는 그동안 외도가 너무 지나쳤어요.

내장처럼

소가 되새김질 하는 걸 보면 말에 대해 생각하게 된다. 이 놈은 무슨 말을 하고 싶어 하는구나 하고. 소도 말을 하기는 한다. 움메- 하고. 그런데 할 수 없는 말이 있는 것이다. 말이 되어 나오지 않는 말이 있는 것이다. 먹은 풀을 다시 게워 씹으면서 소는 움메- 하고 분명 소의 말을 하지만, 그리고 나선 다시 되새김질. 침묵. 침묵이 무수히 많은 터질 듯한 말로 되어 있다는 건 분명한데, 어떤 말은 내장에 넣었던 풀처럼 꺼낼 수 있는데, 또 어떤 말은 바로 그 내장처럼 꺼낼 수가 없는 것이다.

좋은 옛것

날이 추워져서 '돕바' 하나 사러 갔다가, 못 사고 돌아왔다. 가게에 들어갈 땐 대충 사야지 했는데, 가격 다르고 디자인 다른 무수한 옷들을 얼이 빠져 구경하다가 마음을 못 정하고, 그냥 나온 것이다. 옷이 누더기가 돼야 새로 사는 사람에게 쇼핑은 늘 익숙지가 않다.

양말을 벗다가 보니 오늘 신었던 양말이 예뻐서 좀 더럽지만 하루 더 신으려고 탁자 위에 놓아두었다. 옛날엔 여러 날 신기도 했는데 뭐. 어려서 자취 할 땐 양말 속에 알전구를 넣어 꿰매어서 신었다. 옷 너무 자주 빨면 일찍 해진다는 소리도 들었지.

새것이 헐까 봐 아끼고 조심하는 마음을 좋아한다. 물론, 이제 새것이 아니라는 느낌이 선연해질 정도로 풀이 죽은 옷가지며 때가 낀 물건들을, 그걸 편안히 느끼는 방심한 마음들을 더 좋아한다. 사람에 대해서도 마찬가지다. 흰 머리에 주름살에 처진 배를, 그러나 조심조심 여미며 다니는 내 또래가 더 좋다.

독일 시인 브레히트는 '좋은 옛것'이 아니라 '나쁜 새것'을 권한 적이 있다. 전위가 아닌 사람에게는 그런 식의 권유가 나날이 부담스러워진다. 앞날은 알 수 없는 것이지만 옛날은 마냥 어쩔 수가 없는 것이다. 옛날에 끌리는 건 강제로 지쳐서가 아니라 자연스럽게 늙어가고 있어서겠지.

고향 동구

　고향 마을 동구에 상주 영덕 간 고속도로가 드높이 지나간다. 수시로 굉음이 난다. 마을은 바지 벗겨진 환자처럼 웅크려 누웠다. 내가 그래도, 이 오지에서 나기 힘든 인물이란 농담도 들어본 사람인데, 고향에 돌아오지 못할 이유가 하나 더 늘었다.

　어제는 삼천포엘 가 무슨 심사를 했다. 그곳 여성 문인들의 명랑한 수다도 듣고 십여 년만에 보는 후배와 회포도 나누었다. 그리고 차를 몇 번이나 갈아탄 끝에 자정이 돼서야 고향에 닿았다. 아버지 제사를 모셨다. 굉장한 효자가 된 것 같아서 웃음이 났다.

　십 년도 더 지나서인가 요즘은 아버지 귀신 냄새도 희미하다. 밤을 새워서라도 달려올 테니, 나중에 안 나타나면 안 돼요. 어머니한테는 다짐을 받아두었다.

노후

"나도 내가 대충 살고 말리란 걸 안다
  내가 노후를 걱정하는 걸 보면"

"내가 노후를 전혀 걱정하지 않는 걸 보면
  나에게도 분명 노후가 있을 것이다"

둘 다 내 손으로 어딘가에 적은 문장들인데 내용이 사뭇 다르다. 십여 년 전의 나는 일관성이 없었던 것 같다. 아니, 정신이 없었던 건지도 모르겠다. 앞의 문장은 건방이 하늘을 찌르는 퇴폐 글쟁이의 주정 같고, 뒤의 문장은 술 마신 다음 날 덜 깬 채로 간밤 비몽사몽을 소심하게 복기하는, 주정꾼의 독백 같다.

아프고 힘든 이들 많은 세상에 할 말은 아니지만 저 시절에 또, "사는 건 어렵지 않아요, 살려고 마음먹는 일보다는"이라고도 썼다. 경기도의 가난한 변두리 동네에 살며 갈 데까지 간 주정뱅이들과 마실 때면 들던 생각이자, 아프고 힘든 이들 때문에 떠올리던 문장이었다.

노후가 올 것인가. 노후라고 누르는데 자꾸 노루라고 글자가 잘못 찍힌다. 서산의 짧은 해, 털 빠진 꼬리를 달랑거리는 노루처럼 늙음이 올 것인가. 추운 밤이 올 것인가. 그때에도 마음이란 걸 식빵처럼 뜯어먹고 살아갈 것인가.

희망

5층으로 이사 온 뒤부터 동네의 꽤 높은 곳에 살고 있다. 나는 평생 낮은 곳을 곁눈질했는데 사실은 높은 느낌이 좋다. 흐린 날엔 구름의 손가락들이며 긴 수염들이 창을 스치는 것 같다. 너무 조용해서, 내가 움직일 때마다 집은 부스럭거리는 소리를 다 낸다.

501호인데 502호로 주소를 잘못 적어 한 주 넘도록 택배가 옆집으로 가고 있었다. 달랑 두 집만 얹힌 꼭대기 층이다. 새벽에 일어나 내일 토론을 맡은 어떤 논문을 기다리고 있다.

희망을 두려워하는 이들은 어둡게 산다. 어쩔 수 없는 일이다. 그것이 너무 무거워서 이 공중에 옮겨 오지 못했다. 어둠이 걷히고 아침이 오고 있다. 희망을 가져본 적 없으나 한 번도 버린 적이 없다.

내가 사는 곳

시집을 부쳐 보내는 일은 지루하지만 나누어서 조금씩 할 땐 재미도 있다. 단순노동의 즐거움이랄까. 생각하는 재미도 있다. 글씨체를 이리저리 바꿔보거나 겉봉에 주소를 적다가 독특한 지명들을 보고 이런저런 상상을 해볼 때가 그렇다. 마지막 발송 작업을 하면서, 도로 명 주소가 이 기쁨을 대거 빼앗아 가버렸다는 걸 알게 되었다.

동네 이름 대신에 '~로', '~길'을 적다보면 풍경이 지도로, 지도가 내비게이션으로 단순화되고 추상화돼버리는 느낌이다. 누구한테 얼마나 편리한지는 몰라도 마을과 건물과 집이 바코드가 찍힌 상품으로 전락해버린 것 같다. 이름에 묻은 삶의 느낌과 정서적·문화적 공동 감각 같은 게 휘발되고, 앙상한 숫자 조각이 상상의 즐거움을 지워버리는 것이다.

그래서 허공에 소릴 지르거나 길 없는 사막으로 편지를 띄우는 느낌이 든다. 전에도 불만이었는데 지금은 더 불만이다. 적으면서 생각해보니 내 사는 집 주소도 마찬가지다. 나는 나도 모르는 곳에서 살고 있다.

기본요금

어려서 택시 탈 때는 미터기를 힐끔거리며 요금이 빨리 올라갈까 봐 가슴을 졸였다. 남양주에 살며 서울로 출퇴근하던 삼 사십대에도 원거리에 복합 요금에, 늦은 밤 택시에서 미터기를 자주 곁눈질하곤 했다. 반대로, 요금이 조금밖에 안 나오면 어쩌나 하고 조마조마할 때도 있다. 가까운 데를 가느라 기본요금을 꽉 채우고 내릴 때다. 요즘 이 버릇이 도졌다.

조치원은 인구 사오 만의 읍이다. 철길이 시가지 중간을 지나가고 있어서 건널목, 육교, 두 개의 지하도, 고가도로 등으로 도시의 앞과 뒤가 어수선하게 연결돼 있다. 그 길을 걸어 다니기가 불편해서 종종 택시를 이용하는데 요금이 대충 기본요금 언저리다. 그걸 못 넘기고 내릴 때면 미안하다. 그래서 얼른 올라가야 할 텐데, 하고 초조하게 미터기를 곁눈질하곤 한다.

물론, 그런 나를 바라보는 또 다른 내가 있다. 그러니 변변히 돈이라곤 못 모았지, 하며.

새해에 만나야 할 사람

페이스북 여기저기에 떠도는 "새해에 만나지 말아야 할 사람들"이란 글을 보다가, 웃음이 났다. 읽어보면, 그냥 문제가 좀 있는 사람들이다. 웃음이 난 건 이들이 문제가 있어서가 아니라 내가 잘 아는 사람들이어서였다.

나는 이런 사람들을 오랫동안 만나며 살아왔다. 만나기 싫지만 새해에도 만나게 될 것이다. 아니, 이런 사람들이야말로 꼭 만나야 할 사람들이다. 내가 부처님이나 예수님이어서가 아니라,

하루를 마치고 집에 와 불 끄고 누우면, 내 안에서 이런 사람들이 또 스멀스멀 기어 나오는 것이다. 이들은 나이다. 나는 나를 만나줄 수밖에.

교과서 옹호

조카는 좀 늦된 데가 있어서 초등 5학년이 돼서도 산타클로스가 정말 있다고 굳게 믿었다. 그래서 어느 겨울에 반 아이들 전부와 맞서 다툰 적이 있었다. 순결한 믿음에 불타는 '바보'가 되어서.

그 애는 놀림감이 됐지만 나는 그 일에 상상을 보태어 시를 쓴 적이 있다. 나는 바보들을 사랑한다. 돈 벌러 간 아빠는 열 밤 자면 돌아오고, 울음 속에 안 보이는 엄마는 하늘나라에 갔다는 말을 가만가만 받아들이는 아이들을 사랑하듯.

조카는 공부를 열심히 해서 1등도 곧잘 했다. 사교육의 영향을 덜 받은 '교과서적' 스타일로 그렇게 했다. 교과서 내용을 잘 믿었다. 나는 어린 날의 교과서 안에 모든 게 들어 있다고 생각하는 편이다.

십대만 되어도 교과서를, 학교란 울타리를 우습게 안다. 무슨 현실을 다 아는 얼굴을 하고 앉아서. 일면 타당하다. 하지만 옳음이 학교가 아니라 현실의 혼란 속에 있다고 믿으면서 우리는 오히려 혼란의 고통을 앞당겨 겪는 것 같다. 현실과 교과서가 꼭 충돌하는 것일까.

충돌을 방치하고 조장하는 '거짓 현실'이 있고 그 '있을 뿐'인 것이 전부로 보일 뿐이지 않을까. 현실을 살기 어려운 것이 교과서를 우습게 알기 때문이라 생각할 때가 있다. 현실, 현실 하는 이들 중에 진짜 현실을 잘 살아내는 이들은 드문 것 같다. 현실 성공자들은 대개 가치 파괴자들이다.

그리고 그 가치들은 교과서 속에 너무 평범해서 따분해 보이는 언어로 적혀 있다. 가치 파괴는 교과서 파괴다. 내 몫의 현실을 살아내야겠지만 내 꿈은 예나 이제나 어린 날의 교과서 속으로 다시 들어가는 것이다. 교과서는 나이 들어 읽는 경전들과 다르지 않다.

그러나 누가 경전들의 말씀을 받아들이는가. 보고도 믿지 않는 눈 뜬 장님들이 우글거리는 마당에. 현실은 곳곳에 구멍이 난 길바닥과 같다. 그 구멍들은 결국 교과서로 메울 수 밖에 없을 것이다.

울음의 어머니

내 속에서 무슨 말이 나올지 나는 잘 모르는 때가 있다. 명백히 양립하기 어려운 이질적인 말들이 예기치 않게 튀어나오기도 한다. 모호한 말도 분명한 말도 맥없는 말도 있다. 이 때의 나는 어떤 불가능에 부딪혔다기보다는 어떤 불가피한 상태에 걸려든 것 같다. 어쩔 수가 없는 것이 아니라 그냥 어쩔 줄 몰라 하는 상태. 이럴 땐 말을 다 검열할 수 없다. 말들은 허물어진 감옥 담장으로 쏟아져 나오는 죄수들 같다. 이때 흔히 얻는 것이 '메모'이다.

어른이 되는 과정에서도 시 공부를 할 때도 울음은 터뜨리는 게 아니라 참는 것이라 배웠다. 시는 특히, 눈물의 흘림이 아니라 방법적 그침이라 배웠고, 그렇게 가르쳐 왔다. 그런데 그저께 있었던 어느 영결식에서 유난히 오래 소리 내어 우는 시인이 있었다. 떠나는 선생님에 대한 슬픔의 표현이었으나 모두가 힘써 울음을 참고 있는 가운데서 그이의 울음소리는 도드라졌다.

슬픔은 그렇게 드러내는 것이고 그런 것이어야 한다는 생각도 든다. 울음의 참음에 울음보다 더 큰 슬픔이 들어 있다고 말하긴 어렵다. 그래서 그 시인의 불가피한 울음을 이해하고 숙고하게 된다. 그이의 울음소리엔 통제 불능으로 쏟아져 나오는 죄수들의 기세 같은 게 있었다. 나는 어쩌면 울 힘이 모자랐거나 울음을 주체하지 못할 만큼 어쩔 줄 몰라 하지는 않았던 것 같다. 슬픔의 처리를 고심하다가 슬픔을 잃어버릴 때가 있는 듯하다.

 이런 말이 가능하다면 말이지만 울음의 참음도 울음의 터짐도 아니면서, 이 둘을 다 자식으로 두는, 울음 자체 또는 울음의 어머니가 있을 것 같다.

좋아서 하는 일

'U18 아시아 농구대회'에 참가 중인 한국 대표 팀의 에이스 이현중이란 친구가 있다. 미국 대학 농구 무대를 우선 목표로 호주 유학 중인데, 201cm의 포워드다. 이 친구도 '에어'다. 전희철보다 조금 더 크고 빠르고 정확하다고 한다. 누군가 싶어 검색하다 보니, 어머니가 왕년의 여자 농구 레전드인 성정아 선수다.

성정아 하면 삼천포지. 삼천포여고 1학년에 국가대표가 됐고 거액 스카우트 파동에 휘말리기도 했으나, 선배 레전드인 박찬숙과 트윈 타워를 이뤄, 1984년 LA올림픽에서 숙적 중국을 꺾고 은메달을 따는 데 기여했던 선수다. 1992년인가 북경 아시안게임 땐 금메달을 땄고. 나와 동갑이라 잘 기억하고 있다.

하지만 고질적인 무릎 부상으로 일찍 은퇴해서 지금은 수원의 어느 고교에서 체육교사로 재직 중이다. 부상 후유증으로 잘 뛰질 못해 학생들과 농구는 못 한다고. 수업에서 드리블 동작이라도 취할 때면 학생들이, 체육 선생님이 농구 레전드인 줄 모르고, "선생님, 선수 같아요!" 소리도 지른다고 한다.

아시안 게임이나 올림픽 때면 대표 선수들의 병역 혜택 문제가 수면에 떠오른다. 꼭 손흥민 선수를 두고 하는 말은 아니지만 문득 이런 생각이 든다. 핸드볼이든 배구든 농구든 여자 대표 선수들은 참 대단하다고. 성적에 따른 포상이야 다 받는다지만 병역 혜택 같은 결정적 보상 없이도 이들은 잘만 싸워 왔지 않나. '우생순'을 보라고. 거기 군 면제가 어디 있냐고.

'U18 농구 대표 팀'의 에이스 이현중이 농구로 군 면제 받을 가능성은 제로에 가깝다. 한국 남자 농구 수준이 워낙 낮다. 그 래서 휴학까지 해가며 본고장 미국 무대에 도전하는 모습이 외 려 멋있다. 그것 없이도 그의 어머니가 지병까지 얻으면서 뛰었 듯이, 그도 좋아서 그러고 있는 것 같아서다. 나도 정말 좋아서 시를 써 보고 싶다.

봄날

봄이 '온다'는 말 좋다. 조금씩, 조금씩, 오고 오고 또 와서 문득, 봄이 '되는' 거겠지. '간다'는 말도 마찬가지. 가고 가고 또 가서 문득, 봄이 아니게 되겠지.

시를 두고도 그렇게들 말한다. 시가 된다는 건 무언가 되기 전에, 시가 오고 오고 또 오는, 어떤 무정형의 시간이 있다는 얘기겠지. 봄이 오니 시도 왔으면 좋으련만!

봄이 왔다 가고, 이어서 여름, 가을, 겨울이 왔다가는 가고. 계절이 오고 가는 건 만물의 기다림이 있어서일 것이다. 지금 담벼락에 기댄 채로 오는 봄날의 그리움에 또 한 번 몰드는 인간은, 그러나 저 또한 이 별에 불현듯 와서, 어딘가로 가고 있는 중인 줄 또 한번 깜박 잊는다.

그걸 어쩌다 기억한다 해도, 제가 여기 오기 오래오래 전부터 계절은 유구히 오고 가고를 되풀이하고 있는 줄은 더 모른다. 봄날엔 봄을 모른다. 작년 그 햇살에 또 속으며.

결여

가끔 밥집이나 술집에서 "뭐, 더 필요한 거 없으세요?" 하는 말을 듣는다. 기분이 좋아지는 순간이다. 그런 집에선 대개 더 필요한 게 없었다. 서로 모자란 게 없었다는 얘기다.

더 필요한 게 없는 상태에 도달하는 것만큼 대단한 인생 목표는 없을 것 같다. 나는 결여와 씨름하고 결여를 파먹으며 글이란 걸 쓰며 살고 있는데, 글쓰기가 삶의 실제적 결여를 잊게 해주는 걸 이따금 체험했다.

결여를 가졌다고 해서 필요한 게 많은 건 아니라는 생각이 가끔 든다. 결여가 어떤 충분 상태일 때가 있다. 결여가 필요를 부른다기보다 결여가 어떤 필요가 될 수 있는가가 중요하다 싶어지는 것이다.

목표

뭔가가 되려 할 때 미래는 닫힌다. 내가 어려서 보고 느끼고 겪었던 행사와 축제와 제사와 운동회와 각종 조그만 발표회, 그것들이 불러일으키던 흥분과 신명과 감동과 어지러움은 모두, 아무런 목적이 없는 것이었다. 내가 만난 모든 힘차고 힘없는 자연도 다 그저 그렇게 놓여 있는 것이었다. 그 만남의 감흥에는 그러니까, 아무런 목표도 없었다.

내 인생에 목표가 생겨나던 순간들을 미워한다. 뭔가가 되어야 한다는 생의 침입은, 뭔가가 되지 말아야겠다는 저항심을 낳았기 때문에. 되면 망한다는 마음은 쫓기는 마음이다. 안 되고자 하는 마음은 되고자 하는 마음의 어머니. 생은 쉼 없는 도망이지. 좋은 건 다 도망과 회피와 항복 속에 열려 있다. 항복의 꺼지지 않는 불꽃 속에 있다.

이모와 봄밤

권여선의 단편 〈이모〉에는, 아들에게 쩔쩔매는 어머니를 거역하지 못해 동생의 빚을 갚느라 거의 평생을 희생하다가, 쉰이 넘어 퇴사하고는 2년 정도 혼자 살다 암으로 죽는 윤경호란 인물이 나온다. 그 2년 동안 그녀는 월 65만 원으로 강인하게 산다. 집세와 기본 생활비 외에 남은 돈으로 하루에 담배 네 개비만 피우고, 술은 일요일 밤에 소주 한 병만 마시면서.

또 다른 단편 〈봄밤〉에는 늦은 결혼에 실패하고 아들마저 시가에 빼앗긴 충격으로 알코올중독자가 된, 전직 국어교사 영경이란 인물이 나온다. 중증 류머티즘 환자인 재혼 남편을 따라 요양원에 들어간 그녀는 구토와 불면, 섬망과 경련을 이기지 못해 이따금 외출해서 술을 마신다. 마지막 외출에서 의식을 잃고 실려 온 그녀는 남편의 죽음을 잘 알아차리지 못한다.

윤경호는 명료한 정신으로 최후를 맞이하는 것 같고, 영경은 죽어버린 정신의 순결함으로 무언가를 찾아 이 병실 저 병실을 돌아다닌다. 이 둘은 다 견딜 수 없는 것을 견뎌내는 고결한 영혼의 소유자들이다. 한 사람은 철저한 고립과 금욕적인 절제로, 다른 한 사람은 포기할 수 없는 사랑과 파괴적인 인내로. 그러나 그것은 결국 이들이 능동적으로 감행한 영혼의 고행 아니었을까 싶다.

윤경호의 소주 한 병에 나는 낯이 뜨겁다. 그건 내게는 불가능한 주량이다. 내가 못하는 것은 평범하고 작은 것이다. 영경의 인사불성은 아득하다. 그녀의 폭음이 아니라 그 하루를 위해 몇 주씩 죽을 듯 참는 모습이. 내가 진짜 못하는 것은 사실 비범하고 큰 것이다. 영경의 인내는 사랑의 힘에서 나온 것이었다. 그것은 종국에 죽음을 뛰어넘는다. 나는 비굴하게, 그냥 소주 한 병을 뛰어넘을 궁리만 하고 있다.

모르는 영역

  권여선의 단편 〈모르는 영역〉은, 50대 후반의 미대 교수인 아버지와 방송(제작)사 스텝인 20대 딸의 (마음의) '밀당'을 그린 소설이다. 이혼 이후의 사별로 부인이자 엄마인 사람이 없는 그런 배경이다. 이 소설의 구성과 문체에 대해 여러 모로 감탄했다. 눈에 확 띄는 사건 없이도 팽팽한 긴장 가운데, 부녀 간의 쉬운 듯 어려운 듯한 감정의 엇갈림과 오르내림을 신기하게 잘 그려낸 듯하다.

  옛날 시골엔 '푸재'가 있는 이들이 있었다, 자갈밭에서도 잠깐이면 풀(꼴) 한 짐 해서 일어서는 이들. 이 얘길 하면서, 그 '낮달'처럼 희미하나 은근한 솜씨를 칭찬했더니 이 양반은, 한적하고 빈약한 민박집에서도 사실은 엄청난 사건들이 벌어지는 거라고 말했다. 그러니까 그 인물들이 각자 대륙들이라는 것, 그래서 대륙과 대륙 사이에서 벌어지는 사건 같은 게 있다고 했다. 나는 잠깐, 그럼 그 미묘한 대화들이 다 대륙 간 탄도 미사일 같은 건가 싶었다.

  오늘 저녁 어머니와 한 시간 넘게 통화하면서, 그 말이 어렴풋이 이해가 됐다. 이제 남은 집이 열이 안 되고 노인네 스물 남짓이 사는 고향 마을에 무슨 사건이 있으랴 싶지만 여전히 어머니 58분, 나 2분이다. 나는 고향 뒷산만큼이나 일이 쌓였는데 어머니는 지줄대는 마을 실개천만큼이나 할 말이 많은 것이다. 사람은 죽고 개는 낳고, 고양이는 울고 바람은 불고, 병원은 치료를 못하고 농사는 여전히 힘들고 돈 안 되는, 그 불가피하고 애잔한 삶이란 게 있는 것이다.

듣는 나에게도 사건이 생긴다. 아니, 생겼으면 좋겠다. 더 듣는 것. 더 듣고 싶어지는 것. 59대 1, 59.5대 0.5로 절망적으로 판세가 기울어지는 것. 오늘은 미사일들이 다채롭게도 날아왔네. 나는 이 할머니한테 완전히 제압당하고서야 툴툴 털고 일어설 수 있을 것이다.

노모

　책이 나와서 가져다 드리면 노모는 여기저기 넘겨가면서, 내용
을 읽지는 않고 눈으로 그냥 보았다. 침침한 눈으로 보면서 책
표지며 속장들을 또 손으로 오래 어루만졌다. 점자를 만지듯.
　그것이 바로 책을 읽는 거라는 생각을 한 적이 있다. 눈과 머
리보다 손과 마음으로 읽는 것. 어떤 무지의 상태에서, 그러나 어
떤 흔연한 감정의 촉수로 더듬는 것. 노모가 책을 만질 때 그 앞
에 놓인 내 몸은 찌릿찌릿하기만 했다.
　시집이 점자로 된 책이라 생각할 때도 있다. 손쉬운 코드화에
저항하는 시의 말과 문장들은 읽는 이들에게 잠깐 또는 한참,
장님의 더듬거리는 어둠을 선사해줄 때가 있는 것 같다. 그게 빛
일지도 모른다.

저녁

청소를 잘 안하고, 운동을 싫어하고, 독서가 귀찮아지고, 뭘
쓰는 데도 심드렁해지는 건 다 힘이 들어서다. 뮤즈가 손짓해도
힘들고, 진리가 빛을 뿜어도 힘들다. 좋은 것들은 날 힘들게 한
다. 좋은 것이 찾아오는 고통이랄까, 뜨거운 항복심과 감격적인
패배감에 휩싸인 행복의 시간은 힘들다. 힘이 몸 안에 가득하다.
힘이 든다는 건 힘을 내려놓지 않고 온통 들고 있다는 것. 한 잔
할 시간이 됐다는 것. 얼른 내려놔야지.

마감

가을 겨울은 쉬어 가자고 생각했는데, 몇 군데 사양했는데 마감들이 기다리고 있다. 그러나 적병이 일으키는 흙먼지가 지평선을 덮어도 몸은 무거워 누운 채로 창밖만 본다. 두 눈엔 눈곱이 가득, 적들이여 희미하기만 하구나.

명절은 부산하겠지. 뭘 쓸 수가 없겠지. 고향도 식구들도 내가 뭘 하고 사는지 모른다. 내 일은 일도 아니다. 고향 산골이 모르는 일을 드넓은 세상에 숨어 평생 했다. 다녀와서 마감해야지.

하역

어느 선생님이 오후에 전화를 해서는 어떤 일에 대해 고마움을 표하셨다. 그러고는 한 삼십 분 건강 조심하라는 말씀을 하셨다. 팔십 다 된 할매의 노파심이라며 술 담배를 끊으라고 하셨다. 부군께서 그것 땜에 저세상에 드셨다고, 영혼도 몸속에 있어 몸이 멎으니 자취도 없더라고 하셨다.

물론, 나도 아는 얘기다. 명심하겠다고 대답은 드렸다. 그분이 말씀하시지 않은 것도 있다. 사람이 술 담배를 끊는 일과 술 담배가 사람 목숨을 끊는 일이 별반 다르지 않다는 것. 끊음이란 쉬운 게 아니라는 것. 느닷없이 여러 군데 편찮으신 할머니의 협박(?)을 당하고 보니 고맙고 송구하지만 술 담배는 어쨌든 줄이려고 하지만,

인명은 재천이라 생각한다. 몸은 무덤이다. 하나도 처량하지 않은 말이다. 내 영혼은 정확히 내 몸 안에 하역된다. 그 동안 뭘 생각하고 써온 게 있다면 사실상 이게 전부다. 내 무덤을 내 눈으로 보려 했다는 것.

구사일생하듯

다급하되 조용한 중환자실에 호흡기를 쓰고, 선생은 마른 등 걸처럼 누워 있었다. 나 이만큼 야위었다는 듯. 의식은 없었다. 발에는 온기가 느껴졌으나 아무것도 쥐지 않은 손은 차가웠다. 뜨거운 게 훅 지나가는 듯도 했고, 한기가 느껴진 것도 같았다. 다른 한 손을 쥔 맞은편 후배의 눈가가 금세 벌겋게 젖는 것을 나는 보았다.

어쩌다 먼 바다 불빛처럼 깜빡, 반응을 보일 때도 있다고 했지만, 선생의 깊은 잠은 미동도 하지 않았다. 이 찬 손은 이곳 아닌 곳의 어디쯤을 더듬다 문득, 돌아온 것일까. 나는 내 눈앞의 선생이 어디에 계신지 알 수가 없었다.

그래서 가까운 섬 땅 끝의 영목 항을 갔다. 섬이 크군. 사람 몸뚱이가 십분의 일로만 줄어들면 안면도는 한반도 만하겠지? 자꾸 농담을 했다. 대륙이겠지. 농담은 뼈를 간신히 감싼 살 같은 말인가. 멀리 빠져 나갔다가 구사일생하듯 다시 들어온 서해 펄 물이 발밑에서 뭔가를 자꾸 게워 내고 있다.

왜 삶이 있고 나서 죽음이 있나. 죽음이 있고 나서 삶이 있으면 안 되나? 먼 바다 불빛들 죄다 불러 소주잔에 담아 털어 넣고 싶다. 얼마나 야위고 얼마나 작아져야 이놈의 시한부 생에 복수 한 번 할까.

마스터들

바둑계의 이창호는 축구계의 메시 비슷했다. 그는 십대 중반에 세계 챔피언이 됐고 이후 십 년 이상을 '세계가 이창호를 뒤쫓는 시대', 즉 자신의 시대로 만들었다. 적수가 없었다.

십대의 챔피언 이창호가 어느 날 옛 관철동 한국기원에서 누군가와 바둑을 두고 있었다. 아는 사람이거나 나름 유명인인 줄 알았는데, 처음 보는 아마추어 아저씨였다……라고 바둑평론가 박치문 선생의 책에 적혀 있다.

살인적인 대국 일정 가운데서도 팬을 자처하는 동네 5급 아저씨와 묵묵히 대국해주던 이창호 국수도 어느덧 사십대 중반을 넘어섰다. 승부 세계에서 이 나이면 환갑이 아니라 완전 퇴역 전선이라고 한다. 그런데도 그는 현역이다.

'한국 바둑 리그'의 주전으로 간신히 뛰면서, 세계의 일인자에서 평범한 바둑 기사로 변신해서는, 묵묵히 나무판에 돌을 나르고 있다. 여덟 살 연하의 기사 이세돌과는 사뭇 다른 면모다. 이세돌은 바둑에서도 지면 못 살고 인생에서도 지면 못 살 것 같은 터프 가이다.

하지만 장강의 앞 물결인 이들은 뒷 물결들에 밀려, 국내 대회든 세계 대회든 이제 예선 1회전부터 '단칼 멤버'로 뛰어야 한다. 이 험난한 토너먼트를 이겨내야 겨우 본선 무대에 올라 우승을 다툴 자격을 얻는 것이다. 이들이 이제 큰 무대의 우승자가 될 가능성은 거의 없어 보인다.

천재 이창호는 '모든 바둑'을 둔다. 천재 이세돌은, 올해 은퇴하겠다는 폭탄을 터뜨려가면서 바둑을 둔다. 두 마스터의 서로 다른 모습에 웃음이 난다. 평생을 두어 온 바둑 하나 마음대로 못 하나 싶다. 아니, 그러다가 아, 이들은 어지간히는 그 바둑이란 걸 자기들 '마음대로' 하고 있구나 하는 생각을 하게 된다.

기력이 쇠한 이후의 문학 인생에 대해 등에 식은땀이 나는 참조 사례들이다. 말이 필요 없다. 256강 토너먼트의 바닥부터 기어오르기. 오르다 굴러 떨어지기.

번역 유감

김해자 시인의 신작 시집 『해자네 점집』에는 사투리를 쓰는 화자가 등장한다. 화자가 여러 지방 사투리로 말한다. 전남 출신에 충청도에 살고 사드 반대 투쟁 하러 성주에도 가다 보니 호남, 충청, 영남으로, 비유컨대 삼개국어를 유창하게 구사하게 된 것이다. 화자가 각 지역의 고통 받는 인물들의 입이 되어준 것이다. 차별도 무시도 없는 마음의 통역자를 느끼게 된다.

오늘 읽은 〈도련님〉은 소세키의 초기 작품으로, 전에 본 〈문〉이나 〈마음〉에서와 같은 깊은 내면 풍경은 보이지 않으나, 재미있는 소설이다. 일본 근현대의 모럴(moral)을 생각해보게 한다. 단순 과격한 정의파인 도쿄 출신 초임 교사의 좌충우돌을 그리고 있는데, 대단한 내용이 없는데도 인물 성격이나 심리 묘사에 의표를 찌르는 설득력이 있다.

거슬리는 건 번역이다. 전근대적 낙후성의 사례인 시코쿠 사투리를 왜 하필 전라도 사투리로 번역했나? 시코쿠는 일본에선 작은 섬, 전라도는 한국의 너른 땅이다.

눈 감은 여신

법과 정의의 여신 디케(Dike)는 한 손에 저울을 다른 손엔 칼을 들고, 눈은 감고 있다. 디케는 법 앞에 선 인간들의 불평등한 관계를 못 보고 있다고 말할 수도 있을 것 같다. 빈번한 '무전유죄' 류 판결들을 보면 그렇다.

본래 디케가 눈을 감고 있는 건 또 다른 의미의 불평등한 관계, 즉 '유전무죄'의 현실을 안 본다는 뜻이라고 한다. 그녀의 '안 봄'에는 공정하고 공평한 '봄'이 들어 있다는 것이다. 눈을 부릅 뜬 '봄' 속에 캄캄한 '안 봄'이 활개 치는 게 왠지 우리 현실 같지 만.

찔레꽃

찔레나무는, '찔리는 가시가 있는 나무'라는 뜻이라 한다. '찌르는'이 아니라 '찔리는'이다. 사전의 설명이 그럴 듯하다. 찔레 가시는 '찌르지' 않는다. 우리가 다가가다 '찔린다'.

찔레란 말엔 통증의 느낌이 있다. 생각하거나 보기만 해도 아픈 느낌. 찔려본 기억 때문이겠지만, 그것은 꺾으려던 마음이 찔린 아픔이니 고통은 사람이 짓는 것이다. 그보다 여기 하얗게 핀 찔레꽃 빛깔과 향기는 다가가기 어려울 만큼 그냥, 은은히 아프다. 나는 찔레의 가시가 꼭, 내 것 같다.

꿈

   내 집 마련의 꿈을 이루는 나이가 평균 43세이고 집에 들어간 빚은 집값의 38% 이상이라고 한다. 소유제와 욕망으로 찢긴 대지에 태어난 죄와 그로 인한 고통에 모르핀 한 대 맞는 때와 조건이 저렇다는 것만 같다. 이 꿈은 환하기도 어둡기도 한 것이지만 비난할 수 없다. 황야에 태어났으니 어쨌든 모두에겐 움막이 필요하다.

   나도 43세 이전에 자그만 움막이 하나 있었다. 그런데 한 십 년 시 쓴답네 면벽 비슷한 걸 하고 났더니, 어느 날 움막이 사라져버렸다. 집이 무기인 시절에 껍질 잃은 달팽이가 된 것 같았었다. 그렇지만 그 방면 그 환경 속으로 진화 중이다. 아니, 퇴화 중이다. 어떤 상태냐 하면, 어쩌다 새로 움막을 얻을 형편이 된다 해도 귀찮아서 안 얻을 것 같은 상태다.

   내 집 마련의 살뜰한 꿈을 존중한다. 하지만 서른 채, 백 채, 천오백 채 가진 자들을 미워한다. 그 자들이 바로 '집=주거'라는 것을 '꿈'이라는 이름의 악몽으로 바꿔놓은 자들이니까. 기본 의식주가 꿈이 된 세상은 역으로 현실이란 걸 증발시킨다. 악몽을 꾸는 삶은 현실을 행복의 동력으로 만드는 데 늘 실패할 수밖에 없을 테니.

   비난을 각오하고 덧붙이자면, 꿈이란 가지지 않는 것이다. 집이 없는 것이다. 꿈이 원래 그런 것이니까. 나는 7년 전에 벌써 꿈을 이루었다. 술을 안 먹어서인가, 오늘 밤은 꿈에서 쉬 깰 것 같지가 않다.

꿈과 현실

꿈은 삶, 즉 현실의 상상적 구성물인데, 현실 자체로 오인되거나 현실을 대체하게 된 것 같다. 꿈을 가진다고 하면 무슨 물건이나 지위를 소유한다는 뜻으로 생각하게 된 것이다. '가진다'는 건 '꾼다'는 뜻이어야 할 것 같다.

꿈에는 애당초 또렷한 얼굴이 없다. 이목구비란 현실의 것이다. 그런데 디테일엔 묘한 역설이 있다. 자세하고 구체적일수록 흐릿해진다는 것. 귀신 얼굴에 너무 많은 걸 그려 넣으면 귀신같지가 않다. 달걀귀신을 보라. 얼마나 귀신다운가.

꿈을 '가지려' 하면 귀신을 못 본다. 얼굴 없는 얼굴일 때 꿈은 현실을 가장 잘 비춘다. 눈도 코도 없는 달이 지구를 환히 비추듯이. 그때 현실은, 꿈을 가장 잘 꾼다.

사랑의 집

손이며 얼굴이며 목덜미까지가 한량없이 쪼글쪼글한 팔순은 넘어 보이는 노부부가, 증평 재래시장 내 중국집 의자에 나란히 앉아 나무젓가락으로, 단무지 한 조각을 서로에게 자꾸 밀어주고 있다. 나는 혼자 짬뽕에 소주를 마시며, 결코 무너지지 않을 것 같은 사랑의 감옥을 본다.

번개가 치고 미쳐 날뛸 때가 있어도 젊은 날의 사랑의 집은 허술하기 짝이 없다. 그것은 공사판 가건물 같아서, 함께 깃들어도 자식을 낳아 길러도 나무꾼과 선녀의 둥지처럼 늘, 균열과 붕괴와 철거의 위험 위에 떠 있는 것 같다. 이 사랑이 영원할까? 이것이 마지막 인연일까? 어딘가에 이 집을 파괴해버릴 불안의 '날개옷'이 숨겨져 있지 않을까? 사랑의 집은 버블이 들끓는 대한민국 부동산 시장처럼 위태롭다.

혼자 앉은 나의 사랑의 집은 진즉에 무너져 가재도구와 이부자리까지가 길에 내동댕이처진 형국이다. 나는 발작 끝에 감옥 밖에 버려졌다. 입가에 짜장 소스를 묻힌 채로 함께 앉아 웃고 있는 게 다인 저 늙은 사랑들은, 이제 정말 가출을 꿈꾸지 않을 것 같다.

홀대

  소음을 잘 참지 못해 아직 인간 수양이 안 되는 거라 생각하
곤 한다. 무람없이 떠드는 이들을 보면 속으로 욕을 한다. 그래
서 찻집은 평일 낮에, 밥집엔 오후 두시나 여덟시쯤에 잘 간다.
다 일할 때나 밥 때가 지난 바로 뒤에 들러 한가하게 마시거나
깨작깨작 먹는다. 한산해진 찻집과 식당에서 책이나 원고 같은
걸 꺼내놓고, 조용히 홀대받으며.

여행 2

여행은 유람을 목적으로 객지를 다닌다는 뜻이고, 유람은 두루 다니며 이곳저곳 구경한다는 뜻이며, 관광은 아름다운 경치를 보고 즐긴다는 뜻이다. 다 비슷한 말들이다.

여행은 줄거리만 간추리면 어딜 가서 보고 듣고 먹고 다니며 이 생각 저 생각 하다가, 다시 돌아오는 일이다. 떠남과 돌아옴 속에 삶의 재충전과 쇄신의 계기가 있다. 여행엔 여유도 의지도 호기심도 필요하다.

정주민은 나그네가 되어 길 위를 떠돈다. 낯선 곳 낯선 것들이 불러일으키고 주유해주는 자극과 활력에 심신의 찌든 때가 씻기고, 해방감에 취하면 나그네는 길 위에서도 길을 잃는다.

자가 격리로 묶여 있던 여행 본능이 여기저기서 터져 나오는 걸 본다. 누가 사람을 가둬 둘 수 있겠나. 방역 당국은 걱정이지만 조심인 듯 방심인 듯 활개 치는 몸들은, 역병을 얼마간 잊은 것 같다.

여행은 떼로 할 일은 아니다. 다른 몸과 부딪치고 다른 몸을 피해 다니는 불편과 번잡이라니. 여행은 여럿 가운데 하나가 되는 일이고 혼자 떠났다가 혼자 돌아오는 일이다. 들뜬 관광도 구경도 결국 자기를 보는 일로 돌아온다.

나에겐 관광 대상도 구경 대상도 아닌 내가 있다. 그것은 옹

시와 성찰과 투쟁의 대상이다. 여행은 이 씨름에 묻은 피로와 때를 덜어준다. 그 때쯤 나그네는 다시 길을 찾고 떠나온 곳을 돌아본다.

옛날의 책들

어려서 읽은 책을 다시 읽을 때의 곤혹. 그때 무슨 생각으로, 어떻게 이걸 읽었지? 읽긴 읽었나? 시는 너무나 많이 기억이 안 나고 어쩌다 읽어 본 소설들로 좁혀 봐도, 역시나 가물거리긴 마찬가지다.

『모비 딕』이나 『까라마조프 가의 형제들』이나 『분노의 포도』 같은 긴 소설들이 한 사례다. 십대 후반이나 이십대 초에 이게 클래식인가 보다 하며 읽긴 읽었는데 코로 읽었는지, 기억이 잘 안 나는 거다. 그래서 이런 작품들에 대해 뭘 말해야 할 땐 다시 한 번 훑어보고 나서, 예전에 이걸 읽을 때는……하며, 폼을 잡게 된다.

그 외에 짧은 글인데도 내가 이걸 읽긴 했나 싶은 의외의 사례들도 있다. 그 중에 포의 『소용돌이 속으로의 하강』 같은 것이 있다. 자연의 가공할 파괴력과 깃털 같은 인간의 대조가 스펙터클하게 그려진 이 소설에 대해선, "깔때기"니 "드높이 규환하는 물결" 따위 구절밖엔 남은 게 없는 것이다. 이 대단한 묘사를 경험하고서도.

이런 걸 쓰고서도, 아니 이런 걸 쓰느라 대지의 주정뱅이로 취해 다니다 길에 쓰러져 죽은, 젊은 포를 기리며. 평온한 집안에 들어박혀서 엄지손가락 두 개로. 어느덧 늙어서.

그때그때

선생님 추도식에 다녀왔다. 이번에 나온, 트윗 묶음 산문집이
다. 피해 가기 어려운 함박눈처럼 무수히, 140자 미만의 문장들
이 잔매가 쌓이듯 마음에 내리는, 경쾌하고 무거운 책이다. 이제
선생님 책에는 선생님 서명이 없다.
추도식 후에 막가파 술꾼 선후배들과 더불어 새벽까지 마시
고선 첫차를 탔다. 서울서 두 밤 연속 자는 건 무리다. 삶을 더
생각하느냐 죽음을 더 생각하느냐에 막막한 혼란은 없어졌다고
느낀다. 삶이든 죽음이든, 먼저 급하게 문 두드리는 놈을, 그때
그때 맞이해 생각하기.

신의 손

이번 학기 수업 중 한 과목을 온 오프라인 병행 수업으로 진행하기로 했다. 돌팔매로 비행기를 격추시켜야 하는 처지가 됐다. 하지만 오프라인 수업에 대한 의지들이 강해 어쩔 수가 없었다.

언덕을 걸어 내려와 식당 앞에서 한 시간쯤 배가 고파지기를 기다렸다가, 들어가서 국수를 먹었다. 녹말 이쑤시개를 물고 녹색의 시야를 더듬는다. 이 봄빛이 어떻게 여기 왔을까. 이 빛은 또 어디로 가는 걸까.

바이크 가게 너머, 산수유 노란 농사 너머, 으드드드 아스팔트 자르는 커터 차 너머, 모든 병이 다 죽음이 되지는 않는 재활 병원 너머, 하늘에 발자국 문자를 놓는 비둘기들의 비행 너머에, 안 보이는 어느 큰 손이 녹색 붓을 칠하며 간다.

그 손이 이 세상을 이 세상으로 만들어 준다. 그것은 신의 손일까. 그의 풍경을 따라 그리는 건 결국 신을 그리는 일인가. 신을 적는 글이라……

끝없는

　경북 의성군 단촌면 병방리 사시는 81세 김옥례 할머니가, 의
성 읍내의 약국엘 나가서 또렷또렷 약을 잘 사시고는, 약 봉지를
넣은 백을 약국 의자에 그냥 둔 채 '행복 택시'를 타고, 병방리로
귀가하시었다. 뒤늦게 그걸 발견한 약사 박〇〇 씨가 할머니의
아들 이영광씨에게 전화를 걸었다.
　멀리 세종시 조치원의, 사월이라 여러 날 몸이 안 좋았던 이영
광씨는, 한 손으로 허리를 쥐고 한 손으로 폰을 들고, 콜록거리
면서 사태를 전해 들었다. 잊은 것 없다고 도리도리 하는 김 할
머니와, 약봉지 여 있니더 주장하는 박 약사 사이에서, 전화를 걸
고 끊고 다시 걸고 해 가며 사태를 수습하고 나니, 수업 시간이
벌써 십 분이나 지나 있었다. 미안합니다. 사과를 했다.
　십오 년쯤 전에 쓴 시 중에 〈사월〉이란 게 있다. 그때 어떤 사
람한데 그걸 보여주었는데, 독자라는 이가 읽다 말고 느닷없이
울어버려서, 당황스러웠던 적이 있다.

　　아지랑이는 끝없는 나라
　　꽃상여는 끝없는 집
　　길은 끝없는 노래,
　　바람은 끝없는 몸

햇빛은 끝없는 그늘

나는 끝없는 눈

끝없는 꿈,

논둑길 걸어오는

옛날 옛날의,

어머니는 끝없는 사람

오- 끝없는 사람

_졸시 <사월>

갈치

통영 시인 만나러 통영 왔다. 숙취를 지우러 와서 무얼 먹는다. 갈치 호박 국. 호박의 단맛과 청양고추 매운 맛이 어우러져 칼칼하니 시원하다. 맛있다. 덕분에 깨기 전에 다시 소주 반병.

어젠 흐린 일몰을 보았고, "만지도 나를 만지도"(심보선)라던 그 만지도를 지나왔다. 통영 시인은 꿋꿋이 재활 중이다. 사활은 드디어 재활이 되고, 재활은 부활이 되어갈 시간의 진행 또는 행진.

일제 강점기에 일본인들은 남해안의 수산 자원 수탈의 와중에도 갈치만은 뺏어가지 않았다고 한다. 그래서 거문도 갈치가 내륙 여수 일대에 공급될 수 있었다고. 이곳의 갈치에도 그런 사연이 있지 않을지.

갈치는 곧 '칼치' 아닌가. 누구에게나 잘 이해되지 않는 모순된 구석이 있다. 칼 좋아하는 자들이 '칼치' 싫어하는 취향 같은 것.

당당한 노예

〈바울〉은 대단한 이야기도 스펙터클도 없는 조용한 영화지만 배우들이 연기를 잘 하는 것 같다. 물론 남는 건 바울의 말들이다. "우리는 모두 무언가의 노예입니다" 같은 말. "그리스도와 하나 되는 삶은 손에 쥔 한 움큼 물 같은 것이 아니라 대양의 삶을 사는 것" 같은 말.

큰 존재에 이어진 작은 나를 바울은 노예에 빗대었지만 이 노예의 자기 확인은 해방된 영혼을 향한 출발점과도 같은 인식이다. 내가 나의 주인이라는 생각은 큰 나를 모르는 무지와 오만이라는 것. 신자가 될 수는 없겠지만, 끝없는 상념의 바다에서 가뭄에 콩 나듯 스치는 영감을 찾아 헤매어 와서인가, 이 겸허하고 당당한 노예 앞에서 불현 듯 옷깃을 여미게 된다.

지난주에 시 다섯 편을 써서 어디 보냈고 이번 주말까지 또 다섯 편을 써서 어디 보내야 한다. 조바심과 답답함으로, 하지만 설렁설렁 써야겠지. 나를 믿어선 안 된다. 시의 노예라면 시를 믿는 수밖에 다른 길은 주어져 있지 않겠지. 그 와중에 틈틈이 바울의 편지들을 읽자고 다짐해본다.

무얼 세상에 남길까

젊은 친구와 전화로 이런저런 얘길 나누다가, 이 친구는 무얼 세상에 내놓고 싶어 하는구나, 싶었다. 그러다가 나 또한 그래 왔고 그러고 있다는 좀 충격적인 느낌이 들었다. 지금은 반성의 시간.

나는 더 이상 젊지 않다. 이제 씩씩하고 의욕적인 문인이 아닌 것이다. 젊지 않았는데 그런 줄 모르고, 늙지 않았는데도 그런 체하는 건 물론 사람이 아둔하기 때문이다. 필요한 건 젊음이란 것에도 늙음이란 것에도 딱히 얽매이지 않는 마음가짐 같다.

무얼 세상에 내놓을까도 필요하겠지. 하지만 이제, 무얼 세상에 남길까가 더 필요하단 느낌이 든다. 그런데…… 이건 과연 진심일까.

맨발

"때마침 나는 맨발입니다. 당신은 항상 그렇지만요……." 플라톤의 『파이드로스』에서 파이드로스가 소크라테스에게 하는 말이다. 소크라테스도 패션에 민감했다는 믿기 어려운 이야기가 전해져 오지만, 그는 대개 이처럼 맨발에 히마티온 차림으로 어디든 활보했다고 한다. 맨발이라.

별 생각 없이 예수 성화들을 검색해봤더니, 샌들(?) 반 맨발 반이다. 맨발은 어딘가 뭉클하고, 노동으로 뒤틀리고 커다랗게 변형된 손을 볼 때처럼 숙연한 느낌을 준다. 우리는 신을 신고 다닌다. 신발 속에서 수고한 부르튼 발도 처연하지만, 맨발은 맨살이므로 그보다도 더 날카롭게 눈을 찌르는 것 같다.

문태준의 시 〈맨발〉은 개조개의 몸을 인간의 맨발에 빗대고 그 맨발들의 고단한 밥벌이를 승려의 고행에 다시 빗대는 시이다. 생활인의 하루 보행이 장애인의 배밀이가 돼 있다. 죽은 부처가 슬피 우는 마하 가섭에게 관 밖으로 발을 내미는 그 장면은 언제 생각해도 뭉클한데,

기실, 부처야말로 탁발 승단의 리더이자 맨발의 고행자 아니었던가. 성인들은 다 맨발의 청춘들이었나. 나는 이 '맨발'들에서 어떤 서두름이, 그러나 정신의 한없는 침잠과 더딤이 느껴진다. 그들은 신발을 꿰신을 겨를도 없이 다급히 해야 할, 그런 고요

한 일이 있었던 것이다.

4

쉰

목소리로

시간의 발명

자연의 불가해하고 압도적인 힘을 실감하며 살아야 했던 원시인들이나 고대인들에게 미래는 늘 불분명했을 것이다. 내일도 해는 떠서 비출까. 비는 내려 땅을 적실까. 과연 이 긴 겨울이 끝나고 따뜻한 날이 올까. 말린 짐승 고기를 나눠 먹으며 눈보라 속 어두운 하늘과 벌판을 내다보았겠지. 빙하기의 동굴이나 신석기의 움집 속에서. 관찰하고 기억하고 갈피 짓고 연결하는 긴 시간 속에 이지는 발달해서, 보이는 건 살펴서 다루고 안 보이는 건 미루어 짐작했겠지. 점을 치고 제사하고 노동하고 사랑하며, 한 발 한 발 내디뎠겠지.

계절이 바뀌려 할 때는 이상한 아쉬움이 찾아온다. 봄, 가을이 갈 때는 물론이고 긴 혹서 끝에 가을 냄새가 희미하게 스며 오면 벌써 여름이 안타깝고, 혹한이 누그러지는 음력 정월이면 왠지 봄을 꺼려하는 마음이 은은히 솟는 것이다. 만남의 기대와 이별의 아쉬움이 흐릿하게 실랑이하는 감각 혼란의 시간이 있는 것일까. 사회 시스템의 작동 규칙에 따라 인위적으로 분할되고 고정된 현대의 시간은 고대의 시간과 다르다. 그것은 출근하고 싶지 않다는 느낌 같은 것으로서, 준동하는 자연의 변화를 몸에 새길 겨를이 없는 현대적 무의식의 시간이고 몸의 시간인 것일까.

그래서 겨울답지 않던 겨울이 슬그머니 지나가려 하는 이맘때 벌써 겨울을 아쉬워하는 것 아닐까 싶어진다. 봄을 기다리는 마음이 현대인인 내게는 아직 약한 것이다. 하지만 고대 시간이든 현대 시간이든 시간은 앞으로 간다. 다툼은 있어 왔고 해결도 있어 왔다. 분쟁도 있어 왔고 평화도 있어 왔다. 옛날의 지혜와 오늘의 지혜는 같으면서 다르고 다르면서 같을 것이다. 시간 또한 그런 것이겠지. 월말이면 한반도의 갈등 시계는 또 주춤거리고 평화 시계는 쿵쾅거리는 어떤 시간의 발명이 있겠지. 봄이 오고, 개학을 하고, 주말이면 또 겨울을 그리워하며 꽃구경을 가듯.

시의 시간

일천한 경험과 소견에서이겠지만 나는 요즘 내가 시의 시간을 살고 있다는 느낌이 든다. 분석 이전에 온갖 정치 현상들에 대해 내가 다소 들뜬 상태가 되어 감각적·직관적 반응을 보일 때가 많아서이다. 시 얘기를 하면서도 문득 문득 정치 얘기를 가져온다. 시와 사회 현상이 경계 없이 뒤섞인다. 뇌가 과속을 일삼아서 자꾸 더듬거린다.

시의 문장이 늘 무의식에서 나오지는 않아도 그게 시적이라면 대체로 '무의식적으로' 발화된다는 건 분명한 것 같다. 그 문장들은 늘 '나'를 지우면서 나타난다. 그러니 그때 자리를 비켜주는 '나의 의식'의 생각이나 말은 소극적인 심판이나 '권한 대행' 비슷하다. 소월이나 수영이 시를 쓰나 초등학생이 동시를 쓰나 이 점에선 마찬가지다.

시는 도처에 널려 있지만 예리하게 숨어 있다. 이정미 재판관의 헤어 롤도 그렇다. 그녀는 그것을 '문득' 잊었다. 그래서 그 '사자머리'의 뒷부분에 그것은 대롱대롱 돋아났던 것이다. (그곳이 무의식의 자리이기도 하다) 우리는 우리 무의식이 어디에 부착될지 알 수 없다. 무의식은 무의식적이다.

거기에 무엇이 묻어 있었나. "역사의 법정에 당사자로 선" 사람의 긴장과 흥분, 초조와 두려움, 사명감과 불안감이 자아낸 어떤 정동이 스며 있었을 것이다. 달리 말하면 그녀는 자기도 모르게 영혼의 깊은 말, 요컨대 그녀 내면의 다이몬(daimonion)의 목소리를 듣고 있었을 것이다. 감당하기 버거운 다이몬의 요청 앞에서, 판단과 실행의 고비에서 '나'라는 것이 주저하고 흔들리며 가야 할 곳으로 정신없이 가고 있는 동안 무언가 다른 것이, 그러니까 헤어 롤의 모습으로 나타난 것이다. 헤어 롤은 그녀의 어떤 '진심'의 이미지다.

박근혜의 '올림머리'는 이것과는 반대 자리에 놓인 듯하다. 사람이 탄 배가 물에 가라앉는다는 절망적인 보고에도 그녀의 내면에서는 어떤 요청도 발생하지 않았다. 그녀는 그 긴급한 사태 속에서 한없이 태연했고 속절없이 게을렀고 처참하게 답답했다. 한 사람이 헤어스타일, 즉 '나'라는 것을 잊을 때, 다른 한 사람은 그것에만 집착했다.

어쩌면 그녀에게는 애초에 '나'라는 것이 없었다고 해야 할지 모르겠다. 그녀의 의식은 긴급사태에 반응하지 않았다. '긴급'과 '사태'의 의미가 뇌와 심장에 전달되지 않았다. 그녀는 그 사태에 놀라지도 흔들리지도 압도되지도 않았다. 퇴행과 고착으로 쪼그라들었거나 불분명한 원인으로 팽창된 자아에게 사건은, 너무 커서 만져지지 않았거나 너무 작아서 감지되지 않았던 것일까.

'세월호'에 대한 보고가 청와대에 들어갔을 때 보인 반응과 파면 소식이 들어갔을 때 보이는 반응은 실로 똑같다. 보고하는 이들의 문제는 차치하고 닥친 사실에 대한 무지와 회피와 거부라는 점에서 그렇다. 그런데 앞의 보고는 무고한 타인들의 죽음과 연결되었지만 뒤의 보고는 죄 지은 자신의 정치적 사망을 적은 것이다. 제 죽음에 대해 그녀는 어떻게 침묵을 깰까.

'중대본'에서의 그 헛소리는 모두를 경악시켰다는 점에서, (어떤 의미에서) 시다. 이제, 오늘 내일 이 사람은 무슨 말을 할 것이다. 그 말이 또 모두를 놀라게 할지도 모른다. 결코 아름답지 않겠지만 그 말 또한 시에 가까울 것이다. 아니, 시는 그 말에 깃든 어둠과 괴롭게 씨름한 뒤에야 나타나는 어떤 말일 것이다.

다른 진실

누가 테베에 재앙을 가져온 죄악을 저질렀나? 소포클레스의 『오이디푸스 왕』은 무덤 파는 사람의 이야기다. 모르고 아비를 죽이고, 모르고 어미와 혼인한 자는 제 삶이 운명의 장난임을 또한 모르면서, 열과 성을 다해 나라의 암운을 걷어내려 애쓴다. 그는 혼신의 힘으로 무덤을 파고, 거기 들어가 묻히는 자이다. 제 무덤을 제가 파는 이 아이러니의 근원에는 물론 신탁이 있다. 오이디푸스는 고결한 자이지만 신의 손바닥을 벗어나지 못한다. 그는 시시각각 밀려오는 두려움을 과감히 이겨 내며, 진실의 가공할 힘에 열정적으로 굴복해 가는 비극의 전형적 인물이다.

"시간은 걸리더라도 진실은 밝혀질 것"이라는 박근혜의 말은 기이한 느낌을 준다. 진실은 밝혀지지 않았나? 그 진실이 역사의 재판정을 움직여 파면이 선고되었고 비극은 막이 내리지 않았나? 그게 아니라면 우리가 느꼈던 카타르시스는 대체 무엇이란 말인가? 나는 진실은 밝혀질 것이라는 그녀의 어리석은 말이 예비하는 어떤 '다른 진실'이 있다는 느낌이 든다. 그녀에게 모르면서 저지른 명백한 인륜의 위반 같은 건 없고 오이디푸스의 진심 같은 것 역시 없을 텐데도 말이다.

모르고 저질렀지만 밝혀진 사실 앞에서 절망한 오이디푸스는 무덤을 파듯 제 두 눈을 찌른다. 오이디푸스와 박근혜의 이야기에는 구조적인 닮음이 있으나 그 내용은 판이하다. 모르고 죄를 지은 그와 달리 그녀는 알면서 악행을 저질렀다. 하지만 그 행위가 무엇을 의미하는지 너무도 잘 알았던 오이디푸스와는 반대로 박근혜는 제가 의식적으로 저지른 일의 의미를 모른다. 내 생각에, 박근혜는 비극 무대를 자주 이탈하는 이상한 인물이다.

그녀의 배역은 신의 자리를 넘본다. 우리가 그녀의 언행에서 극의 질서가 깨지는 부조리를 느끼는 건 이 때문이다. 그녀는 어젯밤에도 무대의 바깥에 선 자의 목소리로 진실 운운의 신탁을 내리지 않았나. 이것은 연기가 아니라 연출이고 대사가 아니라 주문(呪文)이다. 신의 자리는 곧 작가의 자리이고 역사의 자리이다. 무엇이 그녀를 이렇게 만들었는지 나는 잘 알지 못한다.

하지만 이 비합리가 초래한 사태는 테베의 역병 못지않은 국가의 재난이었다. 무대는 혼란에 휩싸였고 관객들은 아우성친다. 그녀의 난행은 곧 인간을 알지 못하고 법을 알지 못하고 역사를 알지 못하는 정신의 고장 상태가 초래한 것이다. 제멋대로 무대를 떠나고 제멋대로 지껄여대는 배우를 무대로 데려와 물어봐야 할 것 같다.

문학은 오이디푸스 가문의 문제를 '신의 법정'(『안티고네』)으로 데려간다. 하지만 박근혜를 기다리는 건 인간의 법정이다. 그녀에게는 투약과 시술이 아니라 어떤 근본적인 수술, 그러니까 그녀가 무시했던 '국법'의 지엄한 문초가 필요하다. 그래서 그 입이 인간의 말로 된 대사를 뱉어낼 때 비로소 "진실은 밝혀질 것"이고 극의 질서는 회복될 것이다. 역설적이지만, 진실의 가공할 힘에 대한 승복이라는 비극의 테마는 그녀를 통해 극적으로 입증될 것이다. 그것을 '다른 진실'이라 부르고 싶다.

문제의 문제

'용산참사' 백서의 제목은 '여기 사람이 있다'였던 걸로 기억한다. 여기 적힌 '사람'이란 말이 환기하는 뜻은 우리가 익히 아는 사람이란 말의 의미와는 다르다. 사람 이전의 사람이란 말에 가깝다. 권력과 자본은 물론 같은 공동체의 어떤 구성원들 눈에 사람으로 인정되거나 인식조차 되지 않은 상태의 어떤 비존재, 즉 무명의 인간을 가리키는 말이다.

그래서 용산의 양민들은 어쩌면 사람으로서 싸웠다기보다 사람임을 입증하기 위해, 나아가 사람이란 것이 되기 위해 싸웠다고 볼 수 있다. '여기 사람이 있다'는 절규가 나온 것은 국가와 자본이 '너희들은 사람이 아니'라고 선언했고, 또 정확히 그 말대로 그들을 대했기 때문이다. 철저히 재조사해야 한다.

사람 이전의 사람, 절규 이전의 절규가 십 년 세월을 넘어 미래에 당도할 것인가 하는 문제는 시에서도 중요하다. 시는 발 디딘 자리에서 반대 방향으로 움직여, 통상적인 의미의 '사람'과 '절규'를 넘어 그 무명의 인간, 얼굴 없는 얼굴, 말 없는 말로 쉼 없이 나(돌)아가는 말이기 때문이다. 참사를 참사로 만든 상황의 한복판에 가 있는 어떤 정신의 상태가 필요하다는 것.

어떤 문제를 '해결'한다는 것은 그것대로 중요하지만 정치적으로도 문학적으로도 절실한 것은 우선 문제가 '되는' 것이다.

공적 토론의 지평에서 아직 문제로 떠오르지도 못한 문제들, 그 걸 문제의 문제라고 부를 수 있을 것이다. 시는 늘 문제 이전으로 가서, 아직 문제라는 몸을 얻지 못한 그 사태, 사람, 목소리와 한 몸이 되려 한다. 불가능하다는 걸 알면서도.

침묵, 마음, 시

외신이 "세계를 뒤흔든 악수"라 표현한 군사분계선에서의 즉
흥 월경이나 합의문 발표 장면도 인상적이었지만 도보 다리 위
에서의 통역 없는 회담에는 전율이 일었다. 그것은 1945년 이래
한반도에서는 단 한 번도 없었던 종류의 만남이었다.

두 사람은 무슨 말을 했다. 그런데 들리지 않았다. 물론 이것
은 연출의 결과다. 하지만 나는 그 격렬한 고요에 사로잡혀 두
사람이 한반도에 드리운 칠십 년 간의 어둠을 걷고 대립과 싸움
의 수심을 내려가 어떤 역사의 심연에 들어가 있는 듯했다.

그곳은 따스한 봄볕과 맑은 새소리로 장식된, 그러나 긴장과
고통의 자리였다고 본다. "분단과 전쟁", 그리고 "전쟁과 분단"(조
정래)을 거치며 심화된 갈등과 적대의 골은 남북 양 체제의 정상
적인 변화와 발전을 그토록 끈질기게 저해해 온 근본적인 제약
이었다.

휴전선의 철조망은 남한 땅 곳곳에, 골목골목은 물론 우리 내
면에도 둘러쳐져 의식과 양심의 검열자 노릇을 했다. 한 인간이
정신의 자유민이 되려면 어떻게든 이 정치적·역사적 질곡의 굴레
를 스스로 풀어내어 사상의 감옥에서 탈출하는 모험을 감행해
야 했다.

그곳이 역사의 심연이라는 건 두 사람의 대표성, 남북 양측이

보여준 진실성, 두 인물을 둘러싼 독특하고 진지한 분위기에서 상상된 것이지만, 일찍이 분단 현실의 모순을 이만한 깊이와 진심으로 마주한 사례가 있었던가. 이 장면이 처음이라는 건 두 사람의 침묵의 대화가 한반도의 운명을 가장 깊은 곳에서 폭탄을 맨손으로 만지듯 진행되어서이기도 하다.

두 사람은 한반도 문제의 최종 담당자이면서 또 아니다. 북미 회담으로 가야 하니까. 도보 다리 위의 풍경이 날 글썽이게 한 건 두 사람이 더 어려운 테이블을 위한 힘겨운 의논을 하고 있는 게 훤히 보였기 때문이다. 바깥의 더 힘 센 상대에 어떻게 대처할 것인가를 어쩌면 삼촌과 조카처럼 고심하는 것 같아서였다. 통일은 집안 문제여야 한다.

이 극적이면서도 상징적인 장면은 당연히 시를 떠올리게 한다. 그들은 무슨 말을 했다. 그런데 들리지 않았다. 그러나 우리 모두는 무언가를 들었다. 두 사람이 모두를 대신해서 말했기 때문일 수도 있고 힘을 다해 말했기 때문일 수도 있다. 나는 침묵이 소리로 되어 있기 때문이라 본다. 소리에는 마음이 묻어 있다. 시는 이걸 들어 적는 말이기도 하다.

전라도 생각

은둔형인 내가 대학 동기 중에 유일하게 지금껏 만나는 친구가 광주 출신이다. 그는 기자이자 번역가다.

광주엘 가면 어떤 가해의식이나 공범의식이 피어나고, 전라도 친구들한텐 엔간해선 이기려 하지 않고…… 등의 나쁜 버릇이 내겐 있다. 더 나쁜 것은 이런 것이다. 사실은 나는 전라도엘 가서 늘, 여유가 있다. 이것이 고통 받아보지 않은 사람의 얕은 마음이라는 걸 안다. 안 아프니까 속으론 편안한 것이다. 외지인 행세로 이것저것 물어보며, 나는 여느 저쪽 지역 사람들과는 달라요, 라는 말을 하고 싶어 못 견디는 것이다. 조심조심 더듬거리지만 정말은 크게 두려워하지 않고 말을 걸게 된다. 나도 모르게 나는 모르고, 모르기에 헐렁한 것이다.

올 초에 혼자 영산포에 가서, 썰렁한 늦겨울 바람을 피해 어느 홍어 집엘 들어가서도 그랬었다. 그때 나는 갑자기 이 문제를 가지고 시가 쓰고 싶어졌던 것 같다. 식당 아주머니한테 이러쿵저러쿵 말을 걸며 설레발을 치다가, 서울의 친구에게 전화해서 또 주절댔다. 한참을 듣던 그가 말했다. "너는 돌을 던지는 자들을 만류하거나 그것에 대해 무언가를 쓸 수도 있는 사람이겠지만 아마 돌을 맞은 그 사람은 아무 말도 하지 않으려 할 거야. 못할 거야."

나는 '영산포'란 제목으로 적어 두었던 꽤 많은 메모들을 다
지워버렸다. 그리고 서울로 올라오는 기차간에서 아마도, 먹고
살기 위해 경상도 땅 울산이나 대구 어딘가로 옮겨가서, 억센 그
곳 사투리를 등 뒤에 두고 술집 구석에 혼자 앉아 잔을 기울일,
어느 전라도 청년을 생각했던 것 같다. 또, 역시나 생존을 위해
나라를 떠나, 외국말이 가시처럼 가슴에 파고드는 동경 뒷골목
이나 요코하마 부둣가의 어느 선술집에서, 부들부들 떨며 술잔
을 손에 쥐었을 조선인 노무자들을 떠올렸던 것도 같다.

시는 똥이다

우리는 "돈 안 되는 건 다 똥"(도정일)이라고 윽박지르는 세상에서 살고 있다. 벌써 수십 년 전부터 그렇다. 인문학을 홀대하는 세태에 대한 질타였는데 인문학의 하나가 문학이고 문학의 하나가 시다.

그러므로 시는, 똥이다. 나는 똥 가지고 작업한다. 똥으로 못 만드는 게 없다. 보이는 꽃, 새, 물, 사람. 안 보이는 바람, 추억, 지옥, 천국. 어느 땐 보이고 어느 땐 안 보이는 영혼, 사랑, 눈물, 자유, 그리고 '나'까지.

이렇게 중독성이 강한 빛깔과 냄새를 가져보지 못했다. 어려서 운 좋게 전부를 얻은 나는 내가 눈 똥을 정성껏 주무르며 흐뭇해한다. 나는 심지어 남이 눈 똥이 좋아 돈으로 사 와서는 조물거리며, 밤 새워 쿵쿵 향기를 맡기도 한다.

똥오줌에 젖지 않은 말들은 믿을 수 없다. 믿는 시늉은 해도 사랑할 수는 없다.

부처님 안 나오시는 날

'부처님 오신 날'은 휴강이지만 따로 날 잡아 보강을 하라는 연락이 학교에서 왔다. 이번 학기는 수업 결손이 있었으니 그럴 수 있겠다 싶었지만 작년부터 이러했다는 말을 들으니, 적이 당황스럽다.

시대도 학교도 사람들도 변해 가게 마련이지만 거기 생각을 적응시키기가 쉽지 않다. 수업을 빼 먹지 않고 출결을 엄격히 관리하는 건 제도 운영의 원칙으로서 중요하다. 공정은 무시할 수 없는 가치다.

하지만 너무 기계적이라는 것. 돈은 양이기도 숫자기도 하니 셀 수가 있다. 하지만 공정도 교육도 그저 돈 계산 같은 건 아니다. 그리고 국문과나 문창과는 돈을 잘 못 세는 학생을 길러내는 학과다. 무엇이 '되려 하는' 학생만이 아니라 '안 되려 하는' 학생도 키워야 한다.

학생들은 수업에 들어와야 할 의무도 있고 들어오지 않을 권리도 있다. 강의실 밖에서 학생들이 겪는 방황의 힘을 믿지 못하는 선생이 좋은 문학 선생은 아닐 것이다. 선생에게는 늘 무언가를 더 가르칠 수 없는 지점에 닿아서야 내놓게 되는 말이 있다.

마찬가지로, 경쟁심을 얼떨결에 분실하고 때로 손해를 흔연히 감수하는, 바보의 윤리를 모르는 학생은 좋은 작가가 되기 어렵다. 계산 가능한 수련을 통해 자라난 작가가 계산 불가능한 인간성과 세계상을 잘 더듬거릴 수는 없는 노릇이니까.

부처님이나 예수님이 먼 별세계에서 온 것만은 아니다. 이 별의 진흙탕에서 나오신 분들이다. '부처님 오신 날'이 부처님 안 나오시는 날 같다.

몸의 거문고

고행에 몰두해도 깨달음을 얻지 못하는 제자 스로나에게 부처님이 팁을 주었다. 거문고 줄이 너무 팽팽해도 느슨해도 소리가 잘 안 나듯 수행도 지나치면 들뜨게 되고 모자라면 게을러진다고. 적당한 강도로 조율해야 한다고. '심금(心琴)'의 유래가 된 고사라 한다. 마음속 감정의 거문고는 외부 자극에 섬세하게 반응해 움직인다. 심금이 운다는 것.

심금을 울리는 훌륭한 삶과 행위와 문학작품들이 있다. 시가 그렇다. '세월호' 시편들 중 어떤 것들도 그렇다. 하지만 심금을 울리는 걸로 그만일까 하고 전에 생각했었다. 시인에게도 심금이 있다. 우선은 이게 울려서 시가 나올 것이다. 그리고 그걸 읽는 사람의 심금이 따라 울고.

하지만 심금이 파열되는 경우도 있을 것이다. 심금의 끊어진 줄이 내는 소리는 읽는 이의 심금에 상처를 낼 것이다. 상처로 먼저 피 흘리면서 듣는 마음들에 피를 내는 시가 '세월호'에 대해서라면, 아니 모든 고통의 시화(詩化)에 필수라 생각했었다. 마음과 몸의 경계는 불분명하다. 그래서 마음의 음률은 경련하는 몸을 벗어날 수 없다.

발버둥치는 몸의 거문고는 어떤 중도(中道)를 향하지 않고 쉼 없이 고행을 탄주할 것이다. 그 시는 곱지도 그저 서글프지도 않겠지. 침묵하기도 더듬거리기도 하겠지. 그런 몸서리나는 더듬거림을 위해서라면, 수명을 좀 덜어 주어도 좋겠지.

서서 우는 사람

자연은 왜 위대한가.

왜냐하면

그건 우리를 죽여주니까.

마음을 일으키고

몸을 되살리며

하여간 우리를

죽여주니까.

_정현종, 〈자연에 대하여*〉 전문

'죽여주다'에는 몹시 고통을 줘서 견디지 못하게 한다는 뜻과
몹시 마음에 들어 흡족하게 해준다는 뜻이 다 들어 있다. 여기선
두 번째 뜻으로 쓰였다. 자연의 위대함이란 우선 이런 것이다.

그런데 이 시의 '눈'은 있는 듯 없는 듯한 "하여간"이란 말에
있다. "하여간"은 말을 하지 말자는 말이다. 더는 말할 수 없다,
이보다 더 좋을 수는 없다는 뜻이다. 하지만 적어도 이곳에선 이
말보다 더 시적으로 정확한 말이 있을까 싶다. 이런 짧은 시에도
드물게 신운이 깃든다.

'세월호' 추모시나 추모 노래의 가사들은 대체로 망자에 대한
산 자의 아프고 미안한 마음에, 낙지천도(樂地遷度)의 소망을 더

한 내용과 정서를 담고 있다. 이 추도와 화해의 정념은 망자들을 기리고 그리는 한편, 산 자들은 또 살아야 한다는 의식에서 배태된 것이다. 망자들이 산 자들을 괜찮다고, 달래는 내용의 글도 적지 않다.

나는 (나의) 이 '수월한' 화해와 무마가 싫었었다. '잊지 않겠다'는 말이 정말 "반복 강박"(프로이트)이 되는 지점에 묶여, 가던 길을 다 잊고 멈춰 서서 저도 몰래 울고 있는 사람의 목소리가, 내 안에서 흘러나오길 바라곤 했었다. 일곱 살 아이 같은 '시인'을, 늙은 어미 같은 '시'가 발견해 흔들어 깨워주길 바란 적도 있다.

지금은 '세월호'를 두고 시를 못 쓴다. 한길에서 길을 잃고 울지 못하니까. 지극히 좋은 것을 적는 데도 "죽여주니까"가 일러주듯, 한 가닥 죽음 충동의 기미가 들어간다. 지극히 괴로운 것을 적는 데는 이루 말할 수 없을 만큼의 어둠이 몰려오게 돼 있다. 제일 힘든 걸 늘 제일 못 하는 것이다.

* 『갈증이며 샘물인』, 정현종, 문학과지성사, 1999

기억

'세월호'를 두고 시를 더 쓰지 않아도 문제겠지만 그렇다고 해서 많은 시가 늘 필요한 건 아닌 듯하다. '쓸 수 없음'이란 방식으로 우리 몸은 오래 그것과 그이들을 써 왔고 또 쓰고 있다. '세월호'에 대한 시를 써서 발표하거나 읽는 동안에도, 쓰지 않는 시간에도 사실 우리 무의식은 세월호가 되어서 말해 왔고, 또 그렇게 쉼 없이 말하고 있는 것이다. 그 말을 저 자신도 평상시엔 듣지 못하는 것일 뿐.

저 자신도 알지 못하는 그 말이 시이므로 그 입에서 혀가 타고 있는 한 모두 그것에서 놓여날 수 없다. 잊지 않겠다, 기억하겠다는 다짐이 보통 이상의 강박이 되는 지점들을 누구나 가지고 있을 것 같다. 기억은 기억의 사라짐이다. 기억이 얼어붙거나 깨어지는 지점까지 가야 기억은 살아난다. 살아난다는 건 병풍 너머에 너울거리는 죽음의 얼굴에 꼼짝없이 사로잡혔다가, 어렵사리 놓여나는 어떤 순간일 듯하다.

기억과 망각

잊지 않겠습니다, 기억하겠습니다 하는 다짐은, 망각이 얼마나 쉬운 것이고 기억이 얼마나 어려운 것인지를 알려주는 말들 같다. 그러나 거꾸로 생각해 보면, 이 말들은 망각이 얼마나 어렵고 기억이 얼마나 항상적인지를 알려주는 표지 같다.

우리는 망각도 기억도 우리 뜻대로 조절할 수 없다. 우리는 망각 속에 숨은 기억이 무섭고, 기억이란 게 혹 망각처럼 지워지지 않을까 두려워하는 것이다. 망각의 엄습도 버겁고 기억의 엄습도 버거워서 우리는 그 둘 사이 어느 지점에서 아득히 정신을 잃을 때가 있는 것 같다. 그래서 나는 저 다짐들을, 그 정신없는 시간을 견디는 주문들이라 생각한다.

기억과 망각은 DNA의 이중나선처럼 하나로 꼬여 있다. 그렇다는 건 무의식 차원에서 쉼 없이 망각은 기억에 기대고 기억은 망각에 의지하며, 정신의 위태로운 안정을 도모할 수밖에 없다는 뜻일 듯하다. 그러나 어떻게 생각하든 우리 몸속에 두 개의, 아니 하나로 뭉쳐진 시한폭탄이 들어 있다는 건 부인할 수 없는 사실 같다. 물론 우리 손에는 리모컨이 없다.

표절의 자각

　발상의 문제를 (일단) 뺀다면 표절의 자각은 한 문장에서 반 문장 사이를 왔다 갔다 한다. 자각이란 말도 우습지만 창작 체험으로 미루어 보자면 그런 것 같다.

　지금 내가 적고 있는 이 문장이 과연 내가 생각해 낸 문장인가 아닌가 하는 의문에 대한 판단은 거의 문장 하나를 벗어나지 못한다. 그 안에서 의문이 솟고 갸우뚱해지고 불안해지고, 그리고 두려워진다. 그런 때 베끼려고 마음먹은 자가 아니라면 대개는 멈춘다.

　영향을 두려워하는 자는 성장하지 못하지만 누구도 거인의 어깨 위에 마냥 머물러 있을 수는 없다. 언젠가는 투신하듯 내려와서 제 머리에 달린 눈으로 앞을 봐야 한다. 영향을 자양으로 다른 목소리를 내야 하는 것이다.

　그런 다음에조차도 독서와 수련이 남긴 영향의 그림자와 싸워야 하는 건 변함이 없다. 이때는 그 반 문장 이하의 단위가 문제가 된다. 반 토막도 안 되는 짧은 말들 속에도 남들의 목소리가 흘러 다니는 온갖 구멍들이 뚫려 있다.

　하지만 아마도 이것은 무의식의 영역이리라. 그리고 그곳은 정확한 일치보다는 생산적 어긋남이 발생하는 장소이리라. 기억나지 않는 영향과의 조심스러운 대결은 표절 시비와는 다른 차원을 열어 보일 것이다.

법조인의 길

지난 11월 5일, 광화문 집회의 도보 행진을 경찰은 불허하려 했다. 이 금지 명령에 제동을 건 서울행정법원 4부의 김국현 부장판사는 내 고등학교 동기동창이다. 그는 안동고등학교를 1984년에 졸업했다. 학교에서 공부를 제일 잘 했다.

안동 바로 윗동네가 영주다. 검사 출신의 우병우 민정수석은 그곳의 영주고등학교를, 역시 1984년에 졸업했다. 그의 '소년 급제'를 보건대, 아마 그 학교에서 공부를 제일 잘 하는 학생 중 하나였을 것이다. 시 쓰는 친구들을 보려고, 공부를 잊어먹고 영주에 놀러 가던 날들이 생각난다.

같은 지역 출신인 두 사람은 같은 대학의 같은 학번으로 그 80년대를 보냈고, 또 법조인의 삶을 따로 또 같이 살았을 것이다. 이 두 사람의 가치관이 얼마나 닮았고 또 얼마나 다른지 나는 알지 못한다. 동창인 김 판사와는 졸업 후 두어 번 만난 게 다이다. 하지만 지금 이 둘은 나에게 아주 다른 사람처럼 느껴진다.

내가 안 되는 시를 마감한다고 조치원 후줄근한 카페에 쭈그리고 앉아, 뭐 해요 안 올라오고…… 이런 전화를 받아 가면서도 끙끙 버티다가, 에라 하고 열차에 몸을 실은 건, 그가 그런 판결을 내렸다는 기사를 읽고 나서이다. 행진이 끝난 다음에야 광화문에 닿아서 나는 그에게 마음으로 고마워했다. 모두 무탈해서였다.

어렸을 때 시골 어른들은 자식들이 공부 잘 해 출세하길 늘 바랐고 판검사의 지위와 권한은 그 출세 담론의 핵심 사례였다. 그것이 타락의 상징일 수도 있다고 나중엔 생각하게 되었지만. 나처럼 일찍 문학 병이 들어 부모 뜻을 거스른 이들은 법조인의 길을 알지 못한다. 하지만 그 길을 가는 사람들의 삶도 다 같지는 않다는 걸 이번에 또 새삼 느꼈다. 한 사람은 법관이라면 해야 할 일을 한 것 같고 다른 한 사람은 제가 법의 대리인이자 국가의 공복임을 잊었던 것 같다.

이 둘의 차이가 커 보이는 밤이다. 내가 같은 지역 출신에 동갑내기다 보니 이런 느낌이 더한 것인가. 무엇을 할 것인가 생각할 때는 무엇을 해서는 안 될 것인가도 생각해야 할 것 같다. 무엇을 하고 싶을 때는 꼭, 내가 정말 무엇을 하고 싶어 하는가를 골똘히 생각해야 할 것 같다.

촛불

남성의 고환은 원래 신체 내 장기인데 몸이 자라면서 밖으로 밀려나온 것이다. 눈 밖으로 밀려나온 눈알처럼 연약하다. 그래서 치명적인 급소다. 셔츠 주머니에 심장을 넣어 다닌다고 생각해보라.

호롱불 켜고 살던 시절, 어쩌다 제삿날 같은 때 촛불이 켜지면 머릿속에 해가 뜨듯 환해지는 기분이었다. 이제는 어쩌다 전등을 끄고 촛불을 켜면 그믐처럼 어둑어둑하다. 촛불은 가녀린 빛이다.

광장에 켜진 촛불을 보면 우선 글썽거려진다. 실내에 있어야 마땅할 섬세한 그것이 찬바람 부는 바깥으로 나온 것이다. 바람 앞의 촛불은 위태롭다. 하지만 위태로운 줄 모르고 밖으로 나온 촛불은 하나도 없다.

따스한 아랫목이 실내에 없다는 것. 그런데 그 원인이 바깥에 있다는 것. 그래서 촛불은 밖으로 나와 어둠을 찾기도 하고 밝혀내기도 한다. 급소로 무기를 치는 듯한 촛불이 기도에 가까운 것은, 바람에 긁히는 저마다의 목숨이 거기 조금씩은 묻어 있기 때문일 것이다.

시와 시인의 삶

주장은 이해가 되는데, 들어보면 납득이 잘 안 되는 말 중 하나가 '시와 시인은 분리될 수 없다'는 주장이다. 시인의 곱지 않은 행적을 애써 눈 감고 시를 추켜올리는 소위 '미학적 분리주의'가 존재하는 듯하니 이 주장의 출발점은 이해가 간다. 그런데 정작 시와 시인이 '한 덩어리'라는 입장이 개진된 글들을 읽으면 의아해진다. 그 '한 덩어리'란 게 안 보여서다.

시와 시인의 삶을 한 테이블에 올려놓고 무엇을 하는가. 삶을 '칼질' 하기 바쁘다. 시는 거의 무시된다. 행적이 문학적 성취를 부인하기 위한 증거자료로 격상된다. 삶이 시보다 크다는 건 누구나 아는 바지만, 최고조의 시는 삶의 턱밑에까지 기를 쓰고 차오른다. 삶의 거울 같은 반영이 시라는 생각에는 창작과정이나 문학적 상상력의 발현에 작용하는 굴절과 변형의 힘이 끼어들 여지가 없다. 이것은 일종 '정치적 분리주의'가 아닌가.

이 두 개의 분리주의는 신체와 신체의 거울상처럼 동형적이다. 하나는 삶을 괄호 치고 다른 하나는 시를 괄호 친다. 전자가 행적을 물의를 빚은 가족처럼 집안에 숨기려 한다면, 후자는 작품을 죄수처럼 감옥에 가두려 한다. 전자가 작품을 좌판에 전시하려 한다면 후자는 행적을 사형수인 양 끌고 나와 매질한다. 이들은 사실상, 한 테이블에 둘을 다 올려놓고선 하나만 주무르고 있다는 점에서 차이가 없는 것이다. 둘 가운데 하나는 어느 편에서든 늘 존재를 부정당하니, 이 두 개의 분리주의는 각각 통합에 실패하고, 하나였던 적이 없으니 결국 분리에도 실패한다.

시와 시인을 하나로 보자는 통합적 관점은 신중하고 정교한 논리를 필요로 한다. 둘의 관계가 그만큼 단순치 않아서이다. 극단론들은 대개 손쉬운 입지에 서서 단호한 주장을 편다. 그래서 서로 울리지 않는다. '미학적 분리주의'는 무대응의 방식으로 돌이 돼 가고 '정치적 분리주의'는 과격하게 혼자 싸운다.

시와 시인을 한 덩어리로 보고자 하면 이 둘의 관계를 저울질하는 과정에서 자연히 관점의 선명성은 줄어들게 마련이다. 또, 언설들의 상쇄 효과가 발생하여 제 입장의 단호함을 누르게도 된다. 최근의 격한 비판론들은 이러한 신중한 비판론들을 과녁으로 삼는 것 같다. 성에 안 차서 성이 나 있다.

나는 미당의 시와 삶을 비판적으로 살핀 논문으로 학위를 받은 바 있고 지금껏 그 입장을 지키고 있다. 근자에는 '신중'이 비난의 빌미가 되는 일을 겪곤 한다. 비판은 격해도 좋다. 그럴수록 시와 시인, 문학과 삶을 '한 덩어리'로 보는 글을 써서 그 '분리주의'란 걸 좀 넘어서보려고 해야 하지 않을까.

이치에 맞는 착란

"시인은 '모든 감각'의 길고 엄청나고 이치에 맞는 '착란'을 통해 '투시자'가 되는 것입니다."

_랭보, 〈드무니 선생에게 보내는 편지〉 중에서

(열일곱 살) 랭보의 "착란"에는 조건이 붙어 있다. "이치에 맞"아야 한다는 것. 착란과 이치가 공존할 수 있는 걸까. 미치되 정신을 잃지 않고 미치는 것이.

호프만이나 고골, 모파상의 소설들엔 '미쳐 가는' 인물들이 나온다. 대개 미쳐서 발작하는 시점에서 이야기가 끝난다. 미친 다음의 헛소리는 일상 담화도 시적 발화도 아닐 것이다.

랭보의 착란은 진짜로 미치기 전의 어떤 정신 상태를 뜻하는 듯하다. 그의 "이치에 맞는"은 방법적이다. 착란은 "방법적 정신분열"(김인환)이고, 제 헛소리를 제가 들을 뿐 아니라 그걸 헛소리 아닌 말로 발화하게 해주는, 의식의 희미한 관여를 포함한다.

한동안 이것이 취한 정신으로 가능하지 않을까 싶어 알코올을 활용해본 적이 있다. 요약하면, 취중진담 비슷하다. 술이 흐트러뜨린 박약한 정신을 뚫고 나오는 무의식의 발화들이 있으리라 믿어본 것.

의식이 다 죽으면 뇌사 상태 비슷해진다. 나는 실험 과정에서 자주 정신을 잃어 전날 일을 기억하지 못하는 상태가 되곤 했다. 취한 정신으로 적어 둔 문장들을 깨어선 거의 이해하지 못했다.

취한 시인이 눈앞에서 횡설수설하고 있다……. 그의 횡설수설은 착란 직전이다. 그러나 이것은 이치가 아니라 의식의 찌꺼기다. 이따금 횡설수설을 뚫고 나와 폐부를 찌르는 토막말들도 착란이다. 하지만 이것들을 이치라고 해야 할 것 같다.

더 어려운 것은 이런 것이다. 시인의 착란은, 생존에 쫓겨 굴뚝에 올라가 견디는 노동자의 고난을 "투시"할 수 있나. 그의 정신 혼란은 가령, 곤경에 처한 인간들과 더불어 살아가야 한다는 기본 소득론의 이성과 하나가 될 수 있는 것인가.

여행

나는 독신이지만, 결코 국가 같은 것과 결혼을 하지는 않을 것이다. 부지런히 기회를 엿보며, 물심양면의 준비를 다해서 반드시 사람과 결혼할 것이다.

아침부터 궂은 날씨에 이슬비를 맞아선지 기분이 꿀꿀하다. 어떤 여자는 국가와 결혼해서 '해가 지지 않는 나라'를 만들었는데, 그녀를 롤 모델로 삼은 어떤 여자는 국가와 불륜에라도 빠졌는지 당최 '해가 뜨지 않는 나라'를 만들어 놓은 것 같다. 엘리자베스 여왕의 시대는 셰익스피어의 시대이기도 했다. 그런데 이 시대는 '블랙리스트'의 시대다.

기차는 덜컹거리며 익산을 지나 남으로 간다. 셰익스피어를 읽을까 김수영을 읽을까. 셰익스피어도 김수영도 나의 오랜 롤 모델들이지만, 숨 죽여 야위는 늦겨울 산야에 자꾸만 눈이 간다. 저것이 내 나라이고 나는 그 품에서 숨 쉰다. 이번 겨울 마지막 여행이다.

경쟁

지나친 경쟁(심)은 나쁘다고 하지만 애초에 경쟁을 없앨 수야 있나. 동물에서 인간으로 진화한 마당에는 동물적 경쟁도 사회적으로 순치시켜야 하겠지. 그런데 인간이 됐는데 동물들보다 더 격하게 경쟁하고 있다면!

사회가 이상한 거지. 그러니까 경쟁의 문제는 개인의 탓이 아니라는 것. 사자는 사자끼리도 경쟁하지만 더 큰 테두리에선 다른 하위 동물들과도 경쟁한다. 그런데 정점의 인간이 사자나 코브라나 솔잎혹파리와 경쟁하는 건 아니지 않나? 그러니까,

인간끼리, 같은 민족끼리, 동네 주민들끼리 왜 이러고 있느냐는 거지. 사자는 사자를 잡아먹지 않는다. 인간은? 서로 잡아먹는 듯하다. 인간은 천천히 인간을 잡아먹는다. 나는 다른 인간에게 조금씩 잡아먹히는 중이다. 정글보다 더 거친 정글, 문명 속의 인간에게 자연사가 있을까.

그는 강고한 사회체계의 희생자로서 사고로 죽고 병으로 죽고 이따금 타살되고 자살도 하면서, 매장당하면서 화장되면서 수목장 당하면서, 사실상 인간에 의해 죽임 당한다. 가해자로서의 인간 역시 마찬가지 아닐까? 그도 결국 체계의 졸이니까.

나는 내가 사는 게 아니라, 인생을 살아낸다는 생각이 가끔 든다. 대체 왜 인생이란 걸 살아내기까지 해야 한단 말인가. 억울

하지만 딱히 답은 없다. 어려선 호승심이 남달랐으나 문학을 알고부터 그것이 크게 가시었다.

사람들이 몰리지 않는 후미진 곳에서, 삿된 욕심 없이 값싼 술, 작은 정념을 에너지원으로 티격태격하는 문학 동네의 희미한 경쟁은, 그러므로 해볼 만한 것이다. 문학은 남과 싸우기보다는 저 자신과 노는 일. 남과 놀기보다는 저 자신과 싸우는 일. 좋은 글쟁이는 모두가 피하려 하는 허무를 손에 쥐려 분투하는 자이다.

경쟁을 포기한 자들의 경쟁을 일반 사회에 적용하라는 건 물론 우스운 일이겠지. 하지만 요즘 내 생활엔 정치가 너무 많다. 정말로 좋은 건 흐르는 물과 같다지 않나. 정치 없는 곳에서 살고 싶다. 그러려면 물론 더 끈질기고 치열한 정치가 필요하겠지.

정치를 지우는 정치, 사랑을 지우는 사랑, 삶을 지우는 삶이 필요하다. 있는 듯 없는 듯한, 물과도 같은 것들이 이 사막에 너무 많이 필요하다.

유해한 것

"..오오, 세상의 소설가들처럼 몹쓸 족속이 또 어디 있는가! 그들은 무언가 유익하고 유쾌하고 마음을 즐겁게 해주는 그런 소설을 쓰려 하지 않고, 땅속 깊이 숨어 있는 온갖 비밀 따위만 들춰 내고 있을 뿐이다. 그러니까 아예 소설을 쓰지 말게 해야 한다! 그것을 읽을라치면.. 서글픈 생각에 빠져들게 되고, 결국 갖가지 망상이 떠오를 뿐이니, 그처럼 유해한 행위가 어디 있으랴. 그와 같은 소설은 마땅히 쓰지 못하게 해야 한다. 무슨 일이 있어도 절대로."

『가난한 사람들』의 서문 중 일부이다. 도스토예프스키는 아무리 애써도 "마음을 즐겁게 해주는" 글을 쓰지 못할 때 비로소 작가가 태어난다고 말한다. 하지만 펜에 피를 찍어 고통을 적은 사람의 글도 내용과 관계없이 즐거움을 준다. 싸우지 않는 싸움꾼, 진실만 말하는 거짓말쟁이, 앞으로는 절대 안 마시는 주정뱅이의 경지 같은 것이다.

아름다운 해협의 돛단배를 적지 못하고 허리 꼬부라진 농부 아내의 삶을 적을 수밖에 없는 고충을 브레히트는 시에 적은 바 있지만, 엉터리 화가 히틀러에 대한 그의 분노만큼이나 우리 현실도 중국 발 황사처럼 자욱한 분노를 나날이 선사한다.

"땅속 깊이 숨은 온갖 비밀"을 파내어 모두에게 펼쳐 보이고 자청해서 건전하고 혼란 없는 사회에 "유해한" 족속이 되는 것은 기실 작가들에게는 이루 말할 수 없이 힘든 일일 것이다. 하지만 "서글픔"과 "망상"을 퍼뜨리는 데 진력하고 있을 작가들을 슬퍼하려는 게 아니고, 사실은 특검을 응원하려고 끼적거리는 중이다. 즐겁기만 한 그들에게 "유해한" 특검이 되었으면 하고.

내일

날을 뜻하는 말 중에 어제, 아레나 모레, 글피는 다 우리말인데 유독 '내일(來日)'만은 한자말이다. 고난이 많았던 우리 민족의 다음 모를 삶이 원인이 아닐까 하는 생각을 이어령 선생의 책에서 읽은 기억이 난다. 다음 날이 불확실하고 낯설다 보니 말도 꾸어다 썼으리란 얘기다. 한 밤만 자면 무엇이 생기고 누가 온다. 아이들이 이걸 간절히 바랄 때, 어른들은 늘 내일을 피해 두 밤, 세 밤, 열 밤으로 날을 늘이고 미루곤 하지 않았던가.

이십대의 침울한 시절에도 그랬다. 삶 속에서도 문학 속에서도 내일은 늘 어딘가 불분명한 데가 있었다. 그것은 그래서일까, 앞날 전부를 뜻하는 '미래'라는 또 다른 한자말로 대체되곤 했다. 민주주의에 대해서건 노동 해방에 대해서건 통일에 대해서건, 어떻게 적어 봐도 작품 속의 내일은 늘 또렷하지 않았다. 그것은 현실에서 추론된 것이라기보다 꿈과 기원의 방식으로 도입되는 때가 많았다.

먼 앞날이 아니라 당장의 앞날, 지금 이 시간과 긴급한 연관으로 묶인 시간이 내일이다. '내일'이란 불확실한 말에는 어쩌면 그만큼 간절한 바람이 새겨져 있다고 해야 할 것 같다. 급하면 불조차 움켜쥐고 물에도 뛰어들어야 하는 삶의 형편이 그 말을 우선 서둘러 꾸어 오게 했지 않을까. 이 다급함을 생각하면 뭉클해진다.

모두 긴 시간을 달려왔지만 내일 헌법 재판소에서 어떤 결정
이 날지 잘 모르겠다. 하지만 애타는 마음으로 수많은 내일을
지내 오면서도 폭력을 손에 쥐지 않았던 동료 시민들의 염원과
인내심을 믿어본다. 삶은 말처럼 꾸어 올 수 없는 것이다. 그래서
힘내어 스스로들 만들어 오지 않았던가.

길 위에서

상주는 뭐가 유명한가? 하다가, 곶감 생각이 났다. 상주 곶감 생각을 하다 보니 〈호랑이와 곶감〉 이야기가 떠올랐고 또 문득, 〈해와 바람〉 이야기도 떠오른다.

두 이야기는 주제와 이야기의 짜임새가 비슷하다. 아이의 울음을 멈추는 일과 나그네의 마음을 얻는 일이 문제라면 호랑이와 곶감, 해와 바람은 등장인물들이다.

아이는 창밖의 호랑이를 무서워하지 않고 나그네는 거친 바람에 굴하지 않지만, 곶감의 달콤함은 아이의 울음을 그치게 하고 햇볕은 나그네의 외투를 벗기는 흥겨운 따스함이 된다. 호랑이와 바람의 완력은 두려움이지만 두려움을 이길 힘은 갖지 못한 약한 힘이다.

인간은 길 위의 나그네이거나 어둔 밤에 떼쓰는 어린아이와 같다. 그는 노독을 이겨내며 괴롭고 즐거운 인생 여로를 걸어야 하고, '저녁이 있는 삶'에 닿아 단잠에 들어야 한다.

길에서 라스베이거스의 총격 소식을 듣는다. 모두가 총기를 소지하는 나라에서 쉼 없이 사람이 죽어간다. 총을 가졌다고 안전한가. 핵무기를 들여온다고 안전한가. 무기의 양이 아니라 평화의 양을 늘려야 한다. 바람보단 역시 햇볕이다.

고향 가는 발걸음이 무거워서, 상주에서 하루를 묵어가기로 한다. 고향은 여전히 나에게 늙고 힘없지만 호랑이 같은 곳이다. 나그네는 내일 그곳에 닿아서 곶감도 먹고 싶고, 단잠에도 들고 싶다.

하늘은 두 쪽

설 전날 보일러와 변기가 한꺼번에 고장 나서, 자정 너머 어머니를 모시고 의성 읍내 모텔에 가서 하루 묵었었다. 그래서 올해 설은 그냥 없는 설이 됐다. 잠 안 오는 밤에 컬링을 봤다. 자는 누 집 아고, 자는 어디 동네 아라 카드라. 이 동네 저 동네 전부 회관에 모예 앉아 억수로 응원을 한다. 자들은 저게 머 하는 기고? 만날 닦는다. 청소하는 기가⋯⋯? 이런 말씀을 들어가면서.

문득 그 생각이 나서, 동계 올림픽 열리고 처음으로 집에서 티브이를 켰다. '안경 선배'의 마지막 드로우 샷을 손에 땀을 쥐고 봤다. 고향의 목소리다. 어머니, 누님, 여동생의 그 말투 그 억양. 역시 의성 사투리는 세구나.

의성 출신 '팀 킴스'는 얼음판에서 평화의 사도로 뛴다. 그런데 영남 출신 정치인들은 입에서 오물을 뱉고 있다. "사살"이니 "작자"니 "하늘이 두 쪽 나도 못 오게 해야 한다"느니, 시정잡배처럼 막말을 토한다.

땅만 둘로 갈라진 게 아니라 하늘도 60년 넘게 두 쪽이 난 걸 아직도 모르시나. 하늘이 두 쪽이 났기 때문에 남북 관계 총괄자가 와야 하는 거다.

노 의원 생각 1

혼자 밥집이나 술집엘 가면 없는 사람 취급 받을 때가 있다. 앉으라는 건지 나가라는 건지 헷갈릴 때가. 누가 옆에 있으면 하기 어려운 말들을 주인네들이 거침없이, 누가 옆에 있다면 그럴 수 없을 만큼 큰 목소리로 떠들 때면 민망해서 자리를 당장 뜨기도 어렵다.

있는 사람을 없는 사람 취급할 때가 있는가 하면 없는 사람을 있는 사람 취급할 때도 있다. 전자의 극단적 사례는 '호모 사케르(Homo Sacer)'일 것이고, 후자의 극단적 사례는 미신 또는 광신일 것이다. 전자의 바람직한 사례 중 하나는 죄 없는 사람을 숨겨주는 경우이고, 후자의 바람직한 사례 중 하나는 망자를 기억하고 그리워하는 일일 것이다.

있으면서 없었던 사람들과 더불어 평생을 싸웠으니, 이제 그는 없으면서 있는 사람으로 이곳에서 오래 살 것이다.

노 의원 생각 2

기차에서 선배와 잠깐 고(故) 노 의원 얘길 나누었다. 그 양반, 가지 않을 수도 있었을 텐데. 안 돼, 그게 안 되는 이들이 있어. 윤리에 금이 가는 지점에서 솟아나는 암흑이 있다고. 막막함은 더 큰 막막함으로 메울 수밖에 없다고. 그것마저 견딜 순 없었을까. 하여간 그 양반 정신의 귀족이었던 같아. 그렇지요, 귀족의 탈을 쓴 노동자, 귀족의 탈을 쓴 서민.

화장실 단상

요즘은 다 파란색인 경우가 많지만 옛날엔 남자 화장실 표시 그림은 파란색, 여자 화장실 그림은 빨간색인 경우가 많았다. 빨간색은 위험을 뜻한다. 폭발물 등 위험 물질 표시에 대개 붉은색을 사용하는 걸 보면 알 수 있다. 스무 살 무렵에 이걸 시로 쓴 적이 있다. 여성은 폭발물처럼 위험한 존재인가, 위험에 더 쉽게 처해질 수 있는 존재인가 하는 내용으로.

사회적 약자에 대한 왜곡된 인식은 이데올로기에 불과하다고 결론지었던 것 같다. 사회적 약자는 열등하고 비천하며 배제와 폭력의 대상이 될 수 있다는 인식이 그 빨간 표시엔 드러나 있다. 그 사고와 심리 메커니즘은 꽤 복잡한 듯하지만 꼭 그렇지도 않다. 건드리면 안 될 만큼 위험한 대상이 아니라, 잘못 건드리면 탈이 날 수도 있으니 조심해야 할 대상이라는 생각이 들어 있는 것이다.

'잘못 건드리면 곤란하다'에는 이성(평등)과 휴머니즘(윤리)를 위반하려는 욕망이 숨어 있다. 그것은 '잘 건드리면 괜찮다'는 방식으로 작동하는 상한 욕망이다. 빨간색 표시 속의 위험이란 결국 이성(평등)과 휴머니즘(윤리) 자체다. 그것이 품은 저항 가능성(보편성)은 어떤 이들을 불편하게 한다. '미투 운동'이 일어나자 여직원들과는 회식 안 하겠다던 이들의 말은 이 욕망의 민낯을 보여준다. 그들은 안전하게, '잘 건드리고 싶은' 건지도 모른다.

'빨갱이'도 비슷하다. '좌파 독재'란 말은 '너희는 빨갱이'라는 말이다. 처음 권력을 잃었을 땐 '종북'으로 이번엔 '좌파 독재로' 버전이 바뀐 것. 하지만 대형 빨갱이 태풍은 중형으로, 소형으로 점차 약해져 가는 듯하다. 잘 안 먹혀드는 걸 알았으면 좀 다른 '좋은' 걸 개발했으면 좋겠다. 아, 이 얘기 하려던 게 아니라 왜 저 이들은 늘 빨간 옷을 입고 다닐까, 생각하다가 이렇게 됐다. 빨갱이를 욕하면서 빨간색을 입고 다니는 이 도착증은 좀 불편하다.

화장실 표시 그림 색깔이 다 파란색으로 바뀌어가듯 허망하고 어두운 이데올로기 공세들도 좀 그쳤으면 좋겠다.

빠름의 착각

백무산 시인의 시에 느린 비둘기호, 통일호에 빠른 무궁화호, 새마을호를 대립시켜 반평화주의, 반통일주의를 비꼰 것이 있다. 〈기차를 기다리며〉라는 기지 있는 작품이다.

가치와 속도를 엮은 아이러니가 재미있었다. 평화와 통일은 오래된 가치다. 그래서 그 이름들의 기차는 느리다. 새마을 운동과 관제 국가주의를 함축한 이름의 기차들은 근대화의 아우라 속에서 쾌속으로 달린다.

그러나 평화와 통일은 오래 쓸수록 은은히 빛나는 가죽 가방처럼 날로 새로워지는 가치다. 이게 더 빨리 달려야 하지 않을까. 국가 주도의 근대화 이데올로기는 처음엔 화려하나 얼마 못 가 빛바래고 낡아버리는 비닐 가방 비슷하다. 좀 천천히 달려도 되지 않을까.

시에서 새마을호와 무궁화호는 제 골대로 드리블 하는 공격수처럼, 분명하지만 치명적인 과거로 질주한다. 비둘기호와 통일호는 여전히 불분명하지만 뭔가 새로운 앞날로 나아간다. 하지만 노상 불러 세우는 간이역 같은 정치적 훼방들을 밀며 달려야 한다. 이래서는 곤란하지 않느냐는 게 시인의 생각이었던 것 같다.

느린 두 열차는 이제 사라졌다. 대신 무궁화호가 전향해서 가장 느린 열차가 됐다. KTX를 탈까 하다가 이걸 타고 여수에서 조치원으로 올라간다. 대전 쯤 갈 때 KTX는 용산에 닿았을 것이다. 속도를 높여 시간을 줄이면 거리도 단축된다는 생각은 착각이다. 거리는 그대로다. 다만 빠름들이 할퀸 상처가 늘어날 뿐.

사람은 죽지 않는다

죽을 것을 기억하라는 '메멘토 모리(memento mori)'나 지금을 즐기라는 '카르페 디엠(carpe diem)'이나 그 말뜻이 돌보려 하는 건 다 현세다. '메멘토 모리'는 기독교의 일부에서는 내세 중시의 태도나 관념을 뜻하기도 한다. 내세 지향은 현세주의에 얹힌 덤이거나 미지로 몽상의 길을 내는 신비주의일 것이다. 죽음이 없으면 죽음 너머도 없다.

'세월호'와 더불어 오래 앓아 온 어느 시집을 읽다가, 또 작년에 떠난 어느 시인의 시집 원고를 읽다가 이런 생각이 들었다. '사람은 죽지 않는다······.' 그 두 시집의 주지를 압축하면 바로 이 문장이 될 듯해서였다. 이 오류문이 참임을 입증하기 위한 고생스런 상상력이 두 시집을 업고 절며 걷고 있었다.

죽었고, 죽고, 죽을 인간을 두고서 죽지 않았(는)다고 우기는 것. 우리 곁에 오래 남은 애도의 시들은 다 이걸 고난스레 읊은 것들이다. 죽었으나 죽음은 없다, 나는 이 죽음을 받아들이지 못한다, 그 사람은 살아 있다! 어디에? 아마도 마음속에. 그러나 마음속이란 어디인가? 자신도 모르는 곳이다. 그러므로 오히려 이 죽음을 확정할 수 없다.

사람은 반드시 죽는다는 사실의 지옥을 사람은 결코 죽지 않는다는 착란의 천국으로 바꾸려는 노력이 여느 신앙심보다 아주 얕지는 않을 것 같다. 거의 모든 종교의 출발은 죽음의 공포에도 있었다. 그것은 또 현세를 돌보는 방도이기도 했다. 그래도 생의 안정과 행복은, 사람은 죽는다는 사실의 수긍보다는, 사람은 죽지 않는다는 가난한 억지에 더 얹혀 있지 않을까. 내세는 다음 다음이다.

헤르메스들

우체국을 배경으로 한 작품들로 유치환 시인의 〈행복〉이나 신현정 시인의 〈빨간 우체통 곁에서〉 같은 결 고운 서정시들이 있다. 영화 하면 또 〈일 포스티노〉의 시인 배달부 마리오 루폴로 생각도 나고. 어려서 읽어 기억이 가물가물한데 송영 선생의 아름다운 단편으로 〈시골 우체부〉란 작품도 있었다.

배달부만큼 선해 보이던 이들이 없었다. 나는 산골에 살아서 방학이면 늘 배달부 아저씨를 기다렸다. 신문과 편지와 엽서를 기다렸다. 보낼 편지도 있었고. 받고 싶은 것과 보내고 싶은 것이 다 그 '기다림' 속에 녹아 있었다. 그런 고대하는 마음이어서 아저씨는 선량해 보였을까. 어릴 때의 그 아저씨는 육십을 넘겨 오래 전에 은퇴했다 들었다.

중노동에 죽어 나가는 헤르메스들이라니. 잘 몰랐던 사실이다. 우체국이 택배까지 해야 하나. 우정노조의 94%가 파업 찬반 투표에 참여해 그 중 93%의 지지로 파업안이 가결됐다고 한다. 숫자가 모든 걸 말해준다. 인원 충원하고, 주 오일제를 시행하라. 사람이 죽어간다.

법과 도덕

어려선 크고 작은 일탈을 일삼기도 했지만 요샌 (아마 농담이겠지만) "법 없이도 살 사람"이란 말도 듣곤 한다. 날 모르고 하는 소리다. 법이 없었다면? 더 방종해지고 발산적이고 공격적인 인간이 됐겠지. 정말 그럴까? 최소한 무단횡단 같은 건 더 하겠지.

예전에 누가 대화 중에 자기는 "어릴 때 목욕 가서 탕 속에서 몰래 오줌 눈 거 빼곤 거의 죄 지은 적 없이 살았"노라 말했다. 대단한 말이었다. 난 그렇게 살지 못했다. 여기서 저지레들을 다 적을 순 없고. 탕에서 애가 오줌 누는 걸 처벌하는 법은 물론 없다. 그는 지금도 죄 안 짓고 잘 살고 있겠지만,

법 없이 산다는 게 정확한 말일까 싶다. 내가 남에게 가하는 위해와 범죄는 어지간히 억누른다 해도 누가 나에게 그렇게 하는 건 법의 도움 없인 방어하기 어렵다. 누구나 법을 필요로 하는 것이다. 우린 다 법에 기대어 산다. 탕에다 살짝 오줌도 눠 가며.

탕에 오줌 눈 걸 죄라 여기는 건 그의 도덕심의 발로겠지. 오줌이 더럽다는 건 삼척동자도 아니까. 도덕의 규제력은 법보다 약해도 폭이 넓다. 법 없이도 살 것 같은 온화한 이의 내면은 어떨까. 험악한 혼란의 도가니이리라 생각한다.

법이 맹수를 가둔 우리이고 창살이라면, 도덕의 세계는 우리

안에서 맹수와 함께 지내는 것이라 본다. 나는 나의 짐승과 더불어 사는 것이다. 그러다 창살을 뜯고 나오면 범법자가 되어 처벌받는 거겠지. 그런데 법의 우리엔 구멍이 있어서 어떤 이는 창살을 뜯지 않고 들락거리기도 하는 것 같다.

어떤 탈옥자들은 이렇게 말한다. "도덕적으론 미흡했지만 법을 어기진 않았습니다." 그러나 이십대에 우린 이런 고민을 했다. "양심과 신념을 지키기 위해선 (현행)법을 어길 수도 있지 않는가?" 도덕에 미달할 때 짐승에 가까워지고, 법에 저촉될 때 인간에 가까워지는 건 역설이랄 것도 없다.

'법은 도덕의 최소한'이라고 한다. '최소한'이란 말엔 금지의 뜻도 있고 허용의 뜻도 있다. 처벌도 들어 있고 보호도 들어 있으니까. 하지만 바꿔 말하면, '도덕은 법의 최대한'이지 않나. 이 '최대한'을 인간이라고 부르지 않나. '법은 어기지 않았다'는 말은 '인간의 최소한'을 뜻하는 것 같다.

정말 법 없이도 살 사람이나 어려서 탕에 실례한 걸 부끄러워하는 사람은 사실, 법이 뭔지도 잘 모른다. 그들은 더 작고 끈질긴 것들과 싸운다. 도덕심은 지금 정체불명의 바이러스와 사투하는 검역 요원의 타는 가슴과 닮았을 것이다. 도덕의 세계는 전쟁터 같고 법 동네는 자유 천지 같다.

신도가들

『장자』 '덕충부'엔 장애인들이 많이 나온다. 알고 보면 다 도
닦는 이들이고 멀쩡한 인간들보다 더 멀쩡한 인간들이다. 장자
적 아이러니 판의 주인공들이다. '형해의 안'이란 도의 세계로서
창조적 무질서의 신비 영역이다. '형해의 밖'은 현행 질서의 상징
계이겠고. 그러니 안은 밖의 모체이자 자궁이다.

신도가는 죄 지어 발뒤꿈치 잘린 전과자다. 백혼무인(=도)라는
스승 밑에서 정자산이라는 '집정=재상'과 동문수학 중인데, 전과
자를 깔보는 정자산을 한 수 위의 내공으로 감복시키는, 깨달은
자이다. '형해의 안=도=하느님'에 부딪혔을 때, 도대체 전과자는
무엇이고 집정이란 게 다 무어란 말이냐 라는 평등주의가, 신도
가의 입을 빌려 장자가 하는 비판이다.

우리는 현행 '법'이라는 모순된 질서(hierachy)에 빠져 역동적 혼
돈(anarchy)의 세계를 잊고 산다. 모두가 이 궁극적 비합리의 자식
이면서도. 그래서 임대 아파트 애들하고 제 아이가 한 학교 다니
는 것도 반대하는, '고귀한' 이들과 같이 또 따로 살고 있다. 그

런 곳에 살던, 오래 전에 혁명을 꿈꾸었던 법무장관 후보자는 전과자에게 기죽어 "그대는 더 이상 말하지 말게" 하며 부끄러워하는, '정자산=법의 대표'가 될 수 있을 것인가.

　신도가 이야기는 최악의 곤경을 이기고 일어선 한 인간의 감동적인 치유의 기록이다. 언론이 쏟아내는 뉴스는 물론 다 믿을 수 없다. 그리고 대학생들의 집회에 지지만 보내기도 어렵다. 이 시대의 신도가들은 더 어둡고 힘겨운 곳에 있다. 그는 깨달은 자이기에 앞서 민중 전형인 것이다. "전과자는 그저 운이 나빴고 재상은 그저 운이 좋았을 뿐"이라는 신도가의 말이 지금 필요하지 않을까.

메모들

*

병명은 죄명이 아니다.

*

제일 분명하고 급한 일을 자꾸만 방해하는
일이 손에 안 잡히게 만드는
희미하고 아리송하고
골똘히 생각하면 또 잘 떠오르지 않는 것,
그게 제일 급하고 분명한 일인 것 같다.

*

"의사가 내보다 모른다. 의사가 뭘 아노."
병원 많이 가면 병에 통달하게 된다는 듯 안 아픈 데가 없는 늙은 어머니가 말씀하신다. 옛날에 아버지도 그랬다. 오만이 하늘을 찌른다.
나는 왜 이 모양인가.

*

낚시로 유명한 태공망의 늙은 아내는 배고픔을 못 이겨 집을 나가버렸다. 금의환향한 태공망 앞에 거지꼴로 나타난 그녀가 옛 정을 생각해달라고 애원하자, 가마 위의 태공망은 물 잔의 물을 땅바닥에 쏟고는, 그걸 다시 잔에 담아보라고 말했다. 여자는 울며 물러갔다.

인간이 이렇게 살아선 안 된다. 세상 어딘가에 쏟아진 물을 한 방울도 남김없이 다시 잔에 담아내는 노력이 없겠나. 너무 겁이 없다.

*

나는 내 인생의 작가가 아니다.
인물이다.
그것도 보조 인물.

*

제자리란?
다른 데에 가고 싶은 마음이 들지 않는 자리다. 아니, 그 자리만 아니라면 박차고 어디로든 가고 싶어지는 자리다.
영구히, 좌불안석이다.

*

앎은 늘 장님처럼 나아가고
모름은 빛처럼 다가온다.
게임이 안 된다.
게임이 안 되는 그 게임이
본 게임이다.

누구를 좋아하는 사람과 누가 좋아하는 사람은 같은 사람이다. 존중과 배려가 없으면 그는 누구를 사랑하고 있지도 않고 누구에게 사랑받고 있지도 않다. 심지어 자기를 사랑하고 있지도 않고 자기에게 사랑받고 있지도 않다. 그는 본래 한 사람인데 너무도 자주 여러 사람으로 갈라져버린다.

오늘 나에게 해주고 싶은 말.

*

벚꽃 아래서 헤롱거리다가 깨달았다.
꽃이 피면 살고 꽃이 지면 죽는 거 아니란 거.
꽃이 피면 죽었다가,
꽃이 지고 나서야 부스스 다시 살아난다는 거.

*

걷다 보니, 강엘 왔군. 강변엔 꽃이 피었고. 추워라. 나는 할 일이 많다만, 진짜 할 일은 없지. 일이란, 진짜 할 일을 몰라서 하는 소일이라고. 허드레 허드레라고.

*

빈 칸이 거의 없는 책상 달력을 물끄러미 바라보고 있자니,
아니, 내 인생이 왜 이리 됐나, 싶다.
빈 칸밖에 없는 나날이 오래 계속됐는데,

그렇게 빈 칸으로 끝날 줄 알았는데,

때가 되면 조용히 빠져 죽을 빈 칸이 없다니.

이럴 때 최선은 대충 하는 거.

하지만 지금껏 대충 살아왔는데

어떻게 더 대충 살지?

이게 의외로 어렵다.

대충보다 더 대충 하는 것,

이걸 해낼 방도가 필요하다.

＊

자세히 보면 안 보인다. 오래 지켜보는 것도 실례다. 특히나, 서럽고 작은 것들을 자세히 오래 들여다보는 건 하지 말아야 할 일이다. 자세히 볼 수 없음, 오래 지켜보지 못함과 같은 역부족의 인정, 무능의 실토 속에 어렵사리 눈길을 던졌다 돌리는 것이 더 잘 보는 것이다. 한 번 힐끗 보았기 때문에 그는 언제나 보고 있다.

＊

"순간을 다투는" 것과 '끝까지 가보는 것'은 다르지 않다. 전자는 김수영의 시에 나오는 말이고, 후자는 미당의 시에 대한 말이다.

＊

끝내 뭘 해내는 사람보다 끝내 뭘 못 해내는 사람이 더 좋다. 끝내 실패하는 것이 더 센 것 같아서다. 계산과 협잡과 타협의 희희낙

락 가지고는 애당초 실패의 슬픔과 기쁨에 닿을 수 없다. 패자의 윤리는 그리 어려운 것이다. 전쟁의 승자는 누구냐. 힘없이 쓰러지는 자다. 힘내어 인간을 쓰러뜨리는 것이 승리일 수 있나.

*

자취하던 십대 이십대 때처럼 가끔 옷을 꿰매어 입는다. 침침하다. 곤궁해 보이는 건 실은 곤궁하지 않다. 철저하게 생각해보면, 알게 된다.

똑똑한 얘기들은 들을 게 없다.

막막하지 않은 말들은 들을 게 없다.

입장이란 건 내일 생각하면 된다.

입장 이전의 혼돈에 오래 머물기.

*

이따위 곳에서

자유는 권리가 아니라

의무다, 라고

첫 시간에 말했다.

수강생이 확

줄었다.

어떡하지?

*

토끼는 아무도 무서워하지 않는다. 토끼는 거의 동물이 아닌 것 같다. 동물과 식물의 경계에서 오물거리는 것 같다. 토끼를 무서워하는 건 토끼풀밖에 없을 것이다.

두부는 아무것도 깨지 못한다. 두부는 거의 고체가 아닌 것 같다. 고체와 액체 사이에서 희미하다. 두부가 깰 수 있는 건 순두부밖에 없을 것이다.

사라져버릴 것 같은 것들은 무섭다. 자꾸 희미해져 가는 토끼나 두부 같은 것들, 아니 사람들이 무섭다.

*

일이 없는 날인데도
느지막이 슬리퍼 꿰어 신고 집을 나서는 것은
허기와 고독 때문.
이 둘만 아니면 면벽을 얼마든지 계속할 수 있을 것 같은데.

*

사람을 믿지 말고 돈을 믿어야겠다는 말을 들었다. 사람의 횡포를 견디고 돈을 벌어 노후를 준비해야겠다는 얘기였다. 마음이 아팠다. 그러나 사람을 믿는 일에 끝이 있으랴? 보이는 사람을 믿지 못할 수는 있어도 안 보이는 사람까지 믿지 않을 도리는 없다. 사람의 보이는 진실은 살 위를 기어가는 바퀴벌레와 같지만 사람의 보이지 않는 진실은 몸속을 떠다니는 바이러스와 같다. 눈앞에 없는 바이러스를 믿지 않을 도리가 있으랴.

*

주목 받지 못하는 것은 세상에 빛이 없어서가 아니라 내가 덜 어두워서다. 눈 어두운 빛은 없다. 빛은 언제나 어둠만을 찾아낸다.

*

오랜만에 옛날 살던 남양주에나 가보려고 서울행 기차표를 예매했는데, 타고 보니 목포행이다. 딴 생각에 빠져서 거꾸로 탄 것 같다만, 그냥 계속 가기로 한다. 목적지란 게 어디 있냐.

*

별 기댈 곳 없던 이십 대엔 내가 다 늙어버린 것 같았다. 몸은 "전기 올 듯" 잉잉거리는데 마음이 그랬다. 늙은 봄이었다.

희끗희끗한 오십대는 계절로 치자면 가을이지. 마음은 아직 철없는데 몸이 차츰 따라주질 않는다는 것. 그럼에도 젊은 가을은 가능할까.

봄날을 그리워하지 말 것. 깊고 무심한 마지막 계절, 겨울에 자꾸 마음을 비추어볼 것. 볕은 겨울에 가장 따스하다. 그걸 조금씩 덜어와 쬐는 것.

*

사고, 팔고가 다 괴로움이고 힘듦이지만,

시에 필요한 건 그냥 힘듦이다.

뭔지 모르지만,

그냥 죽어라 힘드는 거다.

*

사랑은 모든 걸 봐준다.
사랑만은 결코 봐주지 않는다.

*

올해는 가을이 길다.
기니까, 깊어 보인다. 어느 길을 걸어도 아스라이,
소실점이 보인다.
먼 곳을 믿는 사람은 가까운 것을 정성으로 매만지게 된다.

*

치부를 들추면 환부가 있다.
환부를 들춰야 심부가 보인다.
나야 늘 치부와 씨름하고 있지.
환부에 가 닿는 말도 마련하기가 쉽지 않다.

*

일생을 연기로 살아왔더니
나를 잃었다. 혼자 있을 때,
나를 연기하기가 제일 어렵다.

*

몸속을 들여다보며,
어느 가슴 골짜기 어둠 속에 겨우 숨어 있을지 모르는
무죄를 찾고 있다.

*

휴대폰이 몇 번이나 우는 걸
숨죽여 듣고 있다.
빚 독촉일까.
술 먹자는 연락일까.
누가 죽었다는,
너는 죽었다는,
부음인가.
그냥, 잘못 걸려온 전화일까.

*

위로 받기 위해 시를 읽는다니!
시인은, 위로 같은 건 안 받으려고 시를 쓰는데.

*

좋은 시를 읽으면 감동에 몸을 떤다
힘을 내어 나도 써야 하는데,
'일베'처럼 성이 나서
술병을 딴다.

*

나의 이드는 더럽고 달콤한 항문,
초자아는 모텔 방 창에 떠오른 거대한 보름달.
내가 얼마나 피하고,
얼마나 빨아댔는지.

*

너는 노골적으로 숨어 있다.
나는 비밀스럽게 찾는다.

*

고기를 먹다가 혀를 깨물었다.
고기는 안 아프고 혀는 아프다.
씹는다,
고기가 아플 때까지.

*

작별을 고했는데 차가 안 오는
당황스런 시간에 불현듯 내뱉는 말 같은 것,
그게 시다.
작별을 고하지도 못했는데 차가 와서
엉겁결에 내놓는 인사 같은 말,
그것도 시다.

*

부르주아들의 사전엔 조국이란 말이 없는데,
서민대중은 나라를 사랑하지.
부르주아는 나라를 바꾸며 사는데
서민대중은 나라가 없어지면,
빈손이지.
빈손을 받아들이지 못하지.
빈손을 버리지 못하지.
버리지 못하는 것이 가지는 것일까.
가지지 못하는 것이 사랑일까.

*

가을 들판의 해는 이글거린다.
지금은 내 평화가 제일 뜨겁다.
평화는 불타는 거다.
불에 타는 것이다.

*

유일하게 꿈꾼 것은 무능뿐.
오직 구경만 한 것도 무능뿐.
불가능한 꿈.

*

미친 사람하고 얘길 해보면
처음 얼마간은 멀쩡하다.
대화가 되는 것 같다.
나도 밖에 나가면 대략,
멀쩡하다.
오, 이러면 설명이 좀 된다.
이해가 된다.
하지만 지금은,
집이다.

*

철길은 징그럽다.
모든 평행선은 끔찍하다.
여름 땡볕이 무섭게 녹여대도
지평선 부근까지
두 가닥이다.
끝까지 같은 방향이면서도.

*

철길은 사랑스럽다.
모든 평행선은 아름답다.
겨울 삭풍이 얼려대도
지평선 부근까지

두 가닥이다.

끝까지 한 방향이다.

*

좋은 사람을 만나고 들어오면

다음 날까지 앓는다.

낫느라고.

*

내 속에서 한 사람이, 무수히 쓰러지고 있다. 그는 대개 웅크려 있고, 억센 손아귀들에 함부로 내맡겨져 있다. 항거가 없다. 그 사람을 오래 지켜봐 왔다.

*

서가에, 서로 원수인 자들의 책이 꽂혀 있다. 소리 없는 전쟁터다.

*

정신없음, 그게 시의 몸이다.

*

거친 내용, 거친 표현이어도 옳으면 그만인가.

옳다면, 거칠게 말할 이유가 없다.

옳음엔 두려움이 묻어 있다.

*

놓쳐버린 문장을 잊는 건 되는데, 그 문장을 놓친 사실을 잊는 건 잘 안 된다. 잊음은 다른 형태의 있음이다.

*

전쟁은 나를 사랑한다. 내 안에 나도 모르는 전쟁 유발 요소가 있는 거다. 이런 땐 무조건 사람 없는 곳으로.

*

동물원엔 늘 무언가가 빠져 있다. 휴일에 인간들이 들어야, 동물 원은 완성된다.

*

아무런 강제가 없는 곳. 놀았던 곳. 돌아보면, 모두 절제가 필요 했던 곳이다. 무사히 지나왔는데, 피투성이다.

*

누구나 헛손질, 헛발질을 한다. 조금씩은 새는 바가지들이다. 가 끔은 깨진 바가지도 있다. 비합리를 잘 못 견디겠다. 비합리와 다투 다가 더 큰 비합리를 저지르기도 했다. 그래서 괴로웠다. 비합리는 분노의 대상이 아니라 분석의 대상일 뿐인데.

*

나는 먼지다.

혹 먼지가 아닐지도 모른다는 의심과
혹 먼지가 아닐지도 모른다는 두려움.

먼지일지도 모른다는 생각에 겁먹던 십 년 전은
이제 잘 생각나지 않는다.

*

강호엔 고수가 많다.
고수를 만나
자신 없게 기울이는 술잔.
나에게 목숨이란 게 있었구나,
하는 두려움 속에서도
편안히 놀고 있다는 느낌.
강제로, 즐겁게
놀고 있는 느낌.
무엇을 어떻게 봐주는 중일 걸까?
눈앞에 앉아서도 상대는,
나타나지 않는다.
고수를 만나면
어지러이 칼을 휘두르고도
살아서 돌아오게 된다.

그리스도의 수난이나 붓다의 깨달음이 전혀 초월적이거나 신비적인 것으로 느껴지지 않는 밤이다. 그것은 지극히 '이성적'이다.

이성은 드라이아이스처럼 뜨거운 것이다. 폭탄의 안전핀처럼 불을 품고서 고요한 절도다. 불을 품는다는 건 곧 불을 뿜는다는 말이지. 인간은 그걸 거울을 들여다보듯 잘 알고 있지 않은가.

하지만 이성이야말로 인간에게는 광란처럼 먼 것이다. 발밑에 산불 회오리가 이는, 이상한 밤이다.

나무라고 삿대질하고 조롱하는 읍내 사람들보다
굽실거리고 쩔쩔매는 고향 산골 사람들이
더 무서웠다.
때리는 아버지보다
맞는 어머니가 더 무서웠다.
어른들보다 아이들이 더 무서웠다.
언제나 약한 사람들이 더 무서웠다.
아마 어떻게 해볼 수가 없었기 때문에.
내가 그들을 좋아했기 때문에.

햇볕이 쨍한데, 한 십 분
눈발 날린다.

웃는 얼굴에서 떨어지는 눈물 같다.
방심한 아침에 듣는 부음 같다.

믿을 수 없는 독신을 끌고,
순두부 먹으러 간다.

*

그는 벌써 오래 전에 길을 잃었다.
길이란 걸 찾아본 적이 없다.
하지만 한 번도 헤매지 않았다.
계속 걸었을 뿐이다.

*

귀갓길에 보니,
벌써 달이 많이 부었더라고.
탱탱하더라고.
추석이라 이거지.
툭하면 죽고 싶은 너,
어머니 앞에 가 설 수 있겠느냐고 말이지.

고운 달, 고운 달을 품에 안고,
집으로 간다.

*

어려서 들었던 무서운 말,
"꺼진 불도 다시 보자."
이후로 나에게는 '꺼진 불'이 없고,
'불'만 있다.
담배를 눌러 끄고 재떨이를
십분 째 바라보고 있는 오후,
외출할 수 있을까?
불이, 눈알에 붙어버린 것이다.

*

강가를 걷다가 평생이 간다. 정릉천보다 왕숙천보다 더 작은 조치원 조천.

수업이 없다. 수업이 없다는 건 정신이 없다는 얘기지. 정신이 없다는 건 깊은 곳에 있다는 말이고.

하느님의 자연시간은 일종 동영상 강의여서, 꽃 새 나비들이 마음의 스크린에, 지나가고 지나가고 지나간다.

그래서 나는 지금, 생각하지 않는 사람. 52년 8개월의 봄. 교체는 없다고. 후반전도 계속 뛰라고.

벚꽃 잎이 알림 창에 떨어지는 순간 카톡, 하며, 먼 곳의 부음이 뜬다. 나쁜, 아니 바쁜 하느님.

*

두어 시간, 나쁜 생각을 많이 했다. 강가에 나앉아 깨끗한 물소리를 듣는데도 나쁜 생각이 났다. 머리도 생각을 하고 몸도 생각이란 걸 하는 듯하다. 물소리는 물이 낸다. 밤의 강가엔 공기도 그을음 같다. 모든 것이 나에게 나쁜 생각이었다. 내 생각의 전쟁터에선 다른 누구도 다치지 않는다. 내가 상할 뿐이다. 다행이다.

*

신은 나를 구해 주는 법이 없다.
그냥, 살려두신다.

내가 지어 주었으니,
네가 구하여라.

작가의 말

　정현종 선생의 〈자연에 대하여〉는 "자연은 왜 위대한가" 묻고,
"왜냐하면/ 그건 우리를 죽여주니까" 하고 한 번, "하여간 우리
를/죽여주니까" 하고 두 번 대답하는 시이다. 자연의 위대함은
인간을 죽을 것처럼 행복하게 만들어주는 데 있고, 그것은 필설
로 도무지 형용할 수 없다는 것이 작품의 주지이다. 이 즐거운
무력감이 "하여간"이란 낱말에 응축돼 '시의 눈'으로 빛난다. 선
생께 허락을 얻어 시의 문장을 책의 제(題)로 모셔 왔다. 감사드
린다.

　지난 4년 동안 페이스북에 지어 온 짧은 글들 가운데 시와 시
쓰기에 대한 것들을 골라 묶어보았다. 읽고 쓰고 가르치는 동안
떠오른 상념들을 그때그때 적은 단상들이다 보니, 책의 주제와
체계를 정성껏 돌보지 못했다. 말로 다 표현할 수는 없지만 자연
을 자연으로 만들어주는 원리 같은 게 있다면, 시를 시로 만들어
주는 배후의 힘 또한 더듬어 찾아볼만하지 않겠느냐는 짐작과
궁리가, 이 책의 빈약한 관심사일 듯하다.

산문은 필자가 숨을 행간이 마땅치 않다는 생각에 늘 두려워했다. 망설임을 다독여 출간까지 이끌어준 김정한 대표에게 감사를 표한다.

코로나 시절 조치원 우거에서
이영광

왜냐하면 시가 우리를 죽여주니까

초판 1쇄 발행 2020년 10월 31일

글쓴이 이영광
펴낸이 김정한
디자인 전병준

펴낸곳 어마마마
임프린트 이불

출판등록 2010년 3월 19일 제 2010-000035호
주소 서울특별시 종로구 율곡로 191-1 디그낙 빌딩 3층
문의 070-4213-5130 (편집) 02-725-5130 (팩스)
이메일 ermamama@gmail.com

ISBN 979-11-87361-10-7 03810
정가 13,000원

이 도서의 국립중앙도서관 출판예정도서목록(CIP)은 서지정보유통지원시스템 홈페이지(http://seoji.nl.go.kr)와
국가자료종합목록 구축시스템(http://kolis-net.nl.go.kr)에서 이용하실 수 있습니다.
(CIP제어번호 : CIP2020043373)